ちくま文庫

家が呼ぶ

物件ホラー傑作選

朝宮運河 編

筑摩書房

目次

家が呼ぶ　物件ホラー傑作選

影

若竹七海

ある春の日のことである。わたしは友人と連れだち、Kさんの自宅へでかけていった。

Kさんとは高校時代からのつきあいだから、知りあってかれこれ十年になるが、自宅を訪れたのはこれが初めてだった。高校生のときはかなり親しい友人同士だった。が、彼女が他県の大学に進学して顔を合わせることもなくなると、自然と疎遠になった。年賀状のやりとりだけは欠かさなかったものの、それ以外は一年に一度電話かメールがあればいいほう、という間柄に落ち着いた。学生時代の友人の大半と、そういういきさつをたどっていることを考えるに、これはKさんのせいというよりは、わたしの無精が原因だろう。それが、前年の暮れに共通の友人の結婚式でひさしぶりに再会して盛り上がり、夏休みに台湾にでも旅行しようという相談が急にまとまったのである。

その日は、旅行の打ちあわせに彼女の自宅を使わせてもらうことになり、近くの駅まで彼女が車で出迎えてくれた。

Kさんの家は東京湾の近くの区内、高層住宅の団地がそびえ立つ脇の一戸建てである。周囲には他にも似たような、手頃な大きさの家々が建ち並んでいた。

運転の腕前がかなりあやしげなKさんに、車庫入れをするから降りて待てと言われ、わたしは団地に日光を遮られた寒い路地でぼんやりあたりを見回していた。

彼女の家の前は車が一台やっと通れるほどの道である。家の差し向いには、高さ二メートルほどのコンクリートの塀が、車三台分の長さくらい続いていた。塀は途中が崩れて穴が開き、そこから中を覗き込むと雑草の生い茂る荒れ地が見えた。二百坪はあるだろうに、もったいない、とわたしは考えながら首をめぐらせて、ふと無事な塀の一部に目が止まった。灰色の大きなしみが、壁にできていた。雨水でもしみたのだろうか、それは不思議な形をしていた。芸のない描写をすれば、立ち上がったエリマキトカゲを真正面から見たシルエットに似ていた。しみの真下の排水溝の上に、牛乳瓶にさした菊の花が置いてあった。わたしは、なんという理由もなく、そのしみから目が離せなかった。

「どうかした？」

車庫入れを終えて車から降りてきたKさんはわたしの視線を追い、声をかけてきた。

「べつに。ヘンなしみだね、これ」

わたしはぼんやりと答えた。Kさんは肩をすくめて、そのときはなにも言わなかった。

Kさんの手作りの野菜スープと手みやげのフランスパンにチーズという簡単な昼食をとり、旅行の打ちあわせが一段落すると、飛行機の話になった。同行した友人は海外旅行を趣味の一つとしているくせに、飛行機を大の苦手としていた。それなのにというべきか、だからというべきか、飛行機の事故にはめっぽう詳しく、飛行機事故の裏話をいくつか教えてくれた。

他のものは忘れてしまったが、こんな話を覚えている。ある人がD航空機に搭乗することになった。ふと視線をめぐらすと、同じ飛行機に乗り込もうと並んでいる人々が全員、片足に見えた。ぞっとして乗り込むのをやめて別の便にした。すると、当初乗る予定だった飛行機は墜落し、乗組員乗客全員が死亡したというのである。

それがきっかけで、話題は怪談へと転じた。天気の良い春の昼下りに、熱い番茶と草餅を頰張りながらの怪談は、小さな恐怖と不健全な喜びが入り交じって、なかなか悪くない味がある。友人にせっつかれて、わたしは自分の体験したある出来事を話した。

わたしは数年前まで新宿にある会社に勤めていた。早起きをしたときは、甲州街道に沿って細長く伸びている玉川上水公園を二駅分ほど歩き、運動不足の解消をすることにしていた。朝の空気は心地よく、わたしは朝日を正面に見ながらまぶしさに目を細め、視線を足下にやりながらリズムをとって足を運んだ。

春のことで、ノビルやオオイヌノフグリが地面を割ってのびはじめていた。わたしは歩きながら、明日からこの朝の短い散策をやめにしようかと考え始めていた。この朝歩きには二つの欠点があった。一つは朝日をまともに浴びながら歩くせいで日に焼けてしまうこと、もうひとつは、公園のなかを歩いているとときおり、とても激しく頭が痛むことである。

考えながら歩いているといつものとおり、がんがんと頭が痛み出した。わたしは、どちらかといえば痛みには辛抱強い人間のほうであると思う。痛みに注意を向けないようにし、ひたすら通りすぎるのを待つ。だから、この頭痛をなにかわけあってのことだと考えたことはなかった。歩いていれば、いつかは痛みはどこかへ消える。

ところがその朝、ふとわたしは視線を足下から周囲へと向けた。おや、いつも頭痛がするのはこのあたりじゃなかったかしらん、と考えた。そしてぞっとした。公園の北側には細いアスファルトの道路がある。その向う側には、墓地があった。

わたしは慌てて視線を地面に向け直した。偶然だ、墓地のせいで頭が痛くなるなんてそんなことがあるわけがない。あるとしたら、それは一種の暗示かヒステリーのようなものだろう。わたしは足下に黒くくっきりと焼きつく自分の影をにらみつけながら黙々と歩き、頭痛が通りすぎるのを待った。頭痛はいつものように、しばらくすると消えてなくなった。わたしは顔をあげ、ほとんど走るようにして公園を通り抜けた。

おかしなことに気づき、愕然としたのは駅にたどり着き、汗まみれの顔をタオルで拭いながら電車に飛び乗ってしばらくたってからである。注意深い読者ならもう、お気づきであろう。わたしは朝日に向かって歩いていたのだ。そのわたしの前方に、黒々とした影ができるはずなどないではないか。

わたしはそれ以後、その公園を朝日を見ながら歩いたことはない。

話が終わると同行の友人は笑いの混じった悲鳴をあげたが、Kさんは腕組みをしてじっと黙り込んでいた。それから、こんなことを言った。

「そんな目に遭うということは、あなたにはきっと霊感があるのね」

悪い冗談よしてよ、とわたしは答えた。奇怪なことの一つやふたつ経験がないわけではなかったが、だからといって即座に霊感が自分にあるとは到底思えない。そう言うと、Kさんは腕をほどいて尋ねてきた。

「さっき、あそこの塀のしみをじっと見ていたでしょう。どうして？」

「どうしてと言われても」

「なんかヘンなもの感じなかった？」

「さあ、感じたといえば感じたような、感じなかったといえば感じなかったような。あんなところに菊の花なんか置いてあれば、誰か死んだのかなと思うもんでしょ」

わたしは彼女の意図がつかめずに、困惑した。Kさんはわたしをじっと見つめて、話を始めた。


Kさんは生まれたときから今にいたるまで、大学時代の四年間を除いてはずっとこの家に住み続けていた。ご近所さんたちともおしめをしていた時分からのつきあいで、良きにつけ悪《あ》しきにつけ、すべてを知りあってしまっているわけだ。誰それんとこのおばあちゃんが入院した。誰それの妹が学生結婚をした。誰それの家ではどこにいくら借金をしてまだ返してない。最近の都会生活では珍しい、緊密なつきあいといえるだろう。自意識の芽ばえた中学、高校時代の彼女は、そんな環境にほとほといやけがさしていた。他県の大学を選んだ理由のひとつに、こういった地縁から逃れたいという気持もあった。

そんなわけで、彼女はたまに帰宅しても、母親のする隣近所の噂話には、適当に相槌《あいづち》をうちながら、実はほとんど耳に入れていなかった。だが就職と同時にこの家に戻ってきて、数週間もたった頃だろうか。彼女はむやみと差し向かいの家が気になり始めた。

コンクリートの塀で囲まれたその家は、留守にしている間に、以前の木造の平屋《ひらや》から真っ白い洋館風の二階家に変わっていた。道に面した側にある二階の彼女の部屋から、その家はよく見えた。小さな窓ばかりがやたらにくっついた奇妙な造りで、よく言えば芸術作品、はっきり言えば暮らしにくそうな家だった。内部はどうなっているのだろう、とKさんはよく想像した。もっとも、小さな窓の向う側にときおり人影が見え隠れする以外は、Kさんの想像を楽しませるようなことはほとんどなにも起こらなかった。

慣れない仕事に疲れて帰宅すると、彼女は口やかましい母親の目を避け、自室でまず一服する。スーツの上着を脱ぎ、結い上げた髪をほどき、窓の側にこしかけて、かの家を眺めながら一本だけ煙草を吸うのだ。それが習慣になった。

あるとき、彼女が例によって煙草を吸いながらその家を眺めていると、二階の小さな窓に、影が動くのが見えた。家からは明かりは漏れていなかった。玄関灯もつけておらず、近くの街灯の明かりだけが家を照らしていた。真っ暗闇のなかで生活するなんて、まったく変わった一家だこと、と彼女は思い、夕食の時に母親に尋ねた。

「お向かいの家、いま誰が住んでるの」

「例の不動産屋だわよ」

母親はさも不快げに答えた。なにが例のなのか、と再度尋ねると、母親は呆《あき》れたように答えた。

「前に話したでしょう。あの悪徳不動産屋よ」

よくよく聞き質《ただ》してみると、不在の間にかの平屋に住んでいたYさんが借金の返済に窮し、土地を取り上げられるという、ご近所では大事件が起こった。あとに入ったのは、不動産屋の女社長だという。Yさんが土地を手放すに至った経緯に、詐欺同然の不正があったという噂があるためか、付近ではこの女社長はとみに嫌われているらしい。母親は女社長についてのさだかではない噂を、悪意をこめて聞かせてくれた。

それによると、その女社長は不動産屋の前の主の年の離れた後妻であるという。五年前に夫が脳卒中で死ぬと同時に店を受け継ぎ、あれよというまにこの不動産屋を発展させ、駅前に自社ビルを打ち建てた。いまでは貸し手を脅し、借り手を泣かせる辣腕《らつわん》で鳴り響いているそうである。現在五十二歳、もともとは社長に金を出させて作った隣街の小さなバーのママをしていたとかで、目をおおわんばかりの派手づくりを貫き通している。

「あんな女のせいで、お気の毒にYさんは住み慣れた家を出なきゃならなくなったんだよ」

Yさんに対して特別に親しみがあったわけではないKさんは、その母親の話を無感動に聞いた。情報通の母親にしても、直接につきあいのない女社長について、大して詳しく知っているわけではないようだった。話の区切りがつくと、彼女は母親に訊いた。

「その女社長ってひと、ひとりであの洋館に住んでるの？」

「そう。通いの家政婦のおばさんが一日おきに来るんだけど、あの女社長、いい年をして毎日のように夜中過ぎまで遊び歩いてるんだよ」

「でもさっき、誰かいたわよ、あの家に」

「そんなはずないでしょう。車がまだ帰ってきてないもの」

「窓の向こうに人影を見たと思ったんだけどな」

「いやあねえ。泥棒かしら」

母親は冷やかし半分の声をあげ、あれだけあこぎな稼ぎ方をしていれば、泥棒にだって狙われるわよね、と、さもいい気味であるかのように言葉を継いだ。

「しこたま儲けているくせに、町会費も祭りのお金も払わないのよ、あの人。Yさんちの中庭にお地蔵様がまつってあったの、覚えてる？」

言われてみれば、子どもの頃に何度かそのお地蔵様を見た記憶があった。小さな石の仏で、顔が隠れるほど赤いよだれかけを重ねられていた。

「家を取り壊したときに、あの女社長ったら、古道具屋にあのお地蔵様売りはらっちゃったのよ。もちろんほこらも取り壊し。いつか罰《ばち》があたるって、みんな言ってるよ」

母親の悪口は際限なく続きそうだった。自分から振った話題とはいえ、うんざりしたKさんは、早めに風呂をとり、床についた。仕事の疲れが身体にたまっていたが、なかなか寝つかれなかった。十二時を過ぎた頃、派手な排気音がして車が家の前でとまった。どれ、噂の女社長を一目見てやるか、とKさんは起きだし、カーテンを細く開いて外をのぞいた。

車は真っ赤なスポーツカーだった。女性が降り立ち、真夜中だというのにとんでもない音をたてて車のドアを閉めた。Kさんはふっと顔を二階へ向けた。二階のあの小さな窓に、やはり動くものがうつった。

泥棒だったら騒ぎになる。このままほうっておいてよいものかどうか、しばらくKさんは悩み、かたずを呑んで家を見張り続けた。やがて家の小さな窓から一どきに明かりが漏れたが、それっきりなにごとも起きなかった。Kさんは自分のしていることがなんだかばかばかしくなってきて、布団に戻った。

六月を過ぎて新人研修が終わると、Kさんの仕事は本格的に忙しくなった。時には十一時過ぎまで残業をすることもあった。その間、たまに帰宅途中にその女社長と出くわした。母親の言うとおり厚化粧の派手なおばさんで、赤が好きらしく、よく真っ赤なスーツを着こなし、つんとすましかえり、目があっても会釈すらしなかった。Yさんの地所の話が本当かどうかはともかく、あれじゃあ敵も増えるわな、とKさんはあきれた。挨拶にも会釈にも笑顔にも一銭もかからないってことを知らないとしたら、たいした商売人とは言えないかも、と社会人になりたての彼女は生意気なことを考えた。

たまたま早めに帰宅したある晩、母親が夕食をぱくつくKさんにまた近所の噂話をし始めた。疲れているのに人の悪口なんて聞かせないでよ、と内心うんざりしながらKさんが適当にあしらっていると、母親は、

「あんた、前にお向かいの家で人影を見たって言ってたよね」

意外にもそんなことを言い出した。

「他にもいるのよ。あの家で人影を見たってひとが。例の女社長は確かにでかけているし、家政婦さんは帰ったあとで誰もいないはずなんだよ。それなのに、あの家の窓に人影が見えたんだって」

「本当は誰か同居人がいるんじゃないの」

Kさんはなげやりに答えた。母親は首を振り、

「でも、誰も同居人の姿を見た人はいないよ」

「病気で寝たきりとかなんとか、理由はなんだってつけられるでしょう。よその家のこと詮索するの、いい加減によしなよ」

「だって気味が悪いじゃない」

「ほうっておけばいいのよ。下手に関わりあうことない」

そうは言ったものの、自室に戻ったKさんは窓を開き、かの洋館をこっそり眺めてみた。すべての窓にはレースのカーテンがさがり、明かりはなく真っ暗だった。だが、二階の窓、カーテンの向う側に、Kさんは確かに影を見たと思った。

人間誰しも、気になりだすと頭からそのことが離れなくなるものである。Kさんは会社の同僚にその話をしてみた。女性はたいがいオカルト好きである。前の住人の怨念がこもっているのじゃあないかだの、お地蔵様のたたりに決まってるだのと、皆かまびすしく騒いだ。中には、その女社長の水子かもね、などととんでもないことを笑い半分に言い出すものもいた。

現実に目の前にその家が厳然としてあると、Kさんとしては、とてもちゃかすような気にはなれなかった。彼女は毎日重い気分で帰宅した。夏が近づき、狭い部屋も暑苦しくなってきたが、洋館に面した窓だけは、開け放す気になれなかった。

日曜日に昼近くまでベッドでごろごろしていると、母親が部屋に入ってきてKさんを叩き起こした。

「だらしがないったら、いつまで眠ってるの」

母親は最近閉めたきりにしている、洋館側の窓のカーテンを開け放ち、窓を開いた。そして、おや、と声をあげた。

「あの家の壁に、あんなしみがあったかしらねえ」

その声がとがって聞こえたのと、ことがあの家のことなので、Kさんは寝すぎで重い頭をふらつかせながら母親に並んで窓に立った。母親の言うとおり、家の壁に奇妙な灰色のしみができていた。

「雨も降らないのに、変だね」

「工事のミスかなにかじゃないの」

Kさんはあくびまじりに答えた。母親はくすりと笑い、

「紺屋《こんや》の白袴《しらばかま》っていうけど、不動産屋の家が手抜き工事だったら大笑いだわ」

と言い、階段を踏み鳴らして階下へ降りていった。

母親が去ると、Kさんは窓際に座ってじっくりとそのしみを見た。しみは赤ちゃんくらいの大きさで、実際子どものような形をして見えた。女社長の水子、という同僚の無駄口を思い出して、Kさんはいよいよぞっとした。

不気味なしみは、それきりまるで家の一部のようにそこについて消えなかった。女社長は壁を塗り替えるわけでもなく、外壁を掃除するわけでもない。まったく気にしていないのだ。窓を開くたびにあれを見せられるこっちの身にもなってよ、とKさんはうんざりしながら思ったが、まさか、おたくの外壁のしみが気持悪いから消してください、などというわけにもいかない。

幸いにも、それから数週間を経て会社が夏休みに入った。Kさんは友人とサイパンに

でかけた。一週間、思うぞんぶん泳ぎ、日焼けをして、洋館のことなどすっかり頭から消し飛ばして成田に戻ってくると、彼女は家に電話を入れた。今着いたからと口にする前に、電話口の母親は、

「前の家が火事で焼けたんだよ。早く帰ってきなさい」

と叫ぶように言った。

驚いたKさんはできるかぎり急いで帰宅した。洋館は見る影もなくなっていた。外壁は崩れ落ち、二階は半分方なくなっている。大事件勃発に興奮した母親から整然とした話を聞き取るのに骨が折れたが、ようやくKさんが理解したところによると、この火事にはこんないきさつがあった。

火事は四日前の真っ昼間に起こり、近所の人が気づいたときにはすでに窓から真っ黒な煙が噴き出ていて、手の施しようがなかった。消防車が消火にあたっているのを近所の人々が眺めていると、女社長が駆けつけてきて、

「りょうこちゃん」

と悲鳴に似た声をあげ、燃え上がる家に駆け込もうとした。やはり同居人がいたのかと弥次馬一同、騒然となったそうである。

そうではなかったことが、その後次第に明らかになった。女社長は愛人時代に、死んだ不動産屋との間に女の子をもうけた。あいにくその子は二歳のときに亡くなった。彼女はその後、子どもに恵まれることはなかった。代わりに本物そっくりの赤ちゃん人形

を大事にしていた。りょうことは亡くなった娘の名であり、その人形の名でもあった。

「やり手といわれていたあの女にも、気の毒な一面はあったんだねえ」

単純な母親はほろりとした調子でKさんに語った。

「あんたの見た影っていうのは、結局その人形の影だったんだよ。まったく、一時は不気味がって、あの人に悪いことをしたみたいだね」

人形の影が動くわけないじゃないか、とKさんは思ったが、黙っていた。火事の原因は警察でもまったくつかめなかった。不審火ということで放火の疑いもあったらしいが、真っ昼間に人目の多い界隈《かいわい》のことであったのに、目撃者は現われなかった。あれだけの大火事であったにもかかわらず、隣家にはまるで被害がなかったのも不思議といえば不思議だった。しばらくして焼け跡はきれいに取り片付けられたが、建て直す気配はなく、焼け跡はそのままになっている。

「火事のあったのが五年前よ。そのあと、ちょっとした事故があったの」

Kさんは淡々とした口調で言った。

「塀が壊れているのは見たでしょ。不動産屋の社員のひとりが運転を誤って、塀に車を激突させちゃったのよ。彼は道に子どもがいたから、それをよけようとしてぶつけたって言ったんだけど、事故を目撃していた人の話では道に子どもなんていなかったそうよ。それからしばらくして、塀にあのしみができたの。洋館の外壁にできたときと同じように、いつできたのか、誰も気づかなかったわ」

「女社長はどうなったの」

友人が興味津々にKさんに尋ねた。

「さあね。彼女が今どこにいるかは知らない。不動産屋も店じまいしちゃったしね」

「だけどあのしみ、人形の形にしては、ずいぶん頭が大きくないかなあ」

わたしはおそるおそるKさんに言った。彼女は肩をすくめ、

「母は、人形が帽子をかぶっていたんじゃないかって言ってる。ほら、よく赤ちゃんがかぶる帽子があるでしょう。あれがあれば、あのくらい頭が大きく見えるんじゃないかって」

「で、あんたはどう思ってるの」

わたしはKさんに尋ねた。彼女は林檎《りんご》の皮をむきながら、小首をかしげた。

「どうともいえないけどね。ただ、Yさんちの中庭にあったお地蔵様ね。いっぱいよだれかけをかけられていたから、ひょっとするとあんなふうな影になるかもしれないわ。わたしのほかにもそんなふうに考えている人が近所にいるのよ。そのひと、時々あのしみの前にお花を供えているのよね」

夕方になり、Kさん宅を辞去するとき、わたしと友人はその塀のしみに近寄ってつぶさにそれを眺めた。友人は下手な植木屋に刈りこまれた樹か、海のおばけオーリーに見えると言い、わたしには相変わらずエリマキトカゲに見えたが、Kさんの言うようにお

地蔵様の形に見えなくもなかった。車のドアを開いたKさんが、そんなわたしたちに向かって言った。

「言い忘れてたんだけど、火事があったのはね、Yさんちが取り壊されたちょうど一年後だったのよ。それもお盆の中日だったの」

わたしたちは思わず顔を見合わせた。Kさんはちょっと笑い、できすぎよね、と言った。

ルームシェアの怪

三津田信三

昨年末の大掃除で蔵書の整理をしていたとき、たまたまジョン・ラッツ『同居人求む(S. W. F. Seeks Same)』が目に留《と》まり、僕はたちまち過去に取材したある気味の悪い話を思い出した。

ジョン・ラッツはアメリカのハードボイルド作家だが、一九九〇年にサイコ系サスペンスの本書を発表している。邦題通りルームシェアの同居人を探していた主人公が、ある恐ろしい出来事に巻き込まれるというお話で、ラッツの作品に詳しくない僕が言うのも何だが、彼のミステリの中では異色作ではないかと思う。作風がハードボイルドではなくサスペンスだということ以上に、その内容がかなり異様だからだ。

本作は「運命の逆転」でアカデミー賞の候補になったイラン出身のバーベット・シュローダー監督が、九二年に「ルームメイト(Single White Female)」として映画化しているが、それが頷《うなず》けるほど映像向きの作品である。

ここでいきなり脱線すると、シュローダー監督は僕が江戸川乱歩《えどがわらんぽ》作品の中でも一番好きな「陰獣《いんじゅう》」を、二〇〇八年に映画化している。本稿とは何の関係もないので、これ以上は触れるわけにはいかないけれど。

さて本作だが、原作を読むにしても映画を観るにしても、一切の予備知識なしで鑑賞する必要が多分にある。どんな小説や映画にも同じことが言えるが、本作の場合は特にそうだ。なぜなら作品の核となる「ある設定」を事前に知ってしまうと、確実にお楽しみが半減するからだ。

今、自分が読んでいる、あるいは観ている作品は一体どういう話なのか——この点を読者や観客が察した瞬間が、本作は最大に面白いのである。身も蓋もない言い方をすれば、そこ以外は然《さ》したることもない。普通のサスペンスという出来だろう。

記憶が曖昧《あいまい》で申し訳ないが、『同居人求む』が翻訳刊行されたとき、版元の早川書房が帯の文章にとても気を使っていた覚えがある。もちろん本作の肝が何処《どこ》にあるか、ちゃんと理解していたからに違いない。

つまり僕も、こんな前振りをしておきながら——いや、したからにはと言うべきか——その内容に触れるわけにはいかない。本稿の導入のつもりで紹介しようとした作品なのに、読者には何とも隔靴掻痒《かっかそうよう》な感じになってしまった。誠に申し訳ない。

とはいえ、これから紹介するある人の体験談と『同居人求む』や「ルームメイト」のお話が、決して似ているわけではない。どちらもルームシェアをしている同居人に纏《まつ》わる、何とも無気味な物語であるという点さえ除けばだが。

僕がこの話を仕事で知り合った亀有真由美《かめありまゆみ》さん（仮名）から聞いたのは、今から十数年も前の編集者時代である。

そもそも最初の話題は、当時まだ珍しかったルームシェアの試みそのものについてだった。彼女の実体験に興味を引かれた僕は、他人との共同生活で考えられる問題点について、色々と質問をした覚えがある。なるほどと感心してルームシェアの利点を学ぶ一方で、個人的には煩《わずら》わしさも実感した記憶が残っている。

しかし、祖父母や両親との同居という大家族制から、夫婦と子供だけの核家族制へ、さらに未婚の独り暮らしへと、日本人の生活スタイルが変化する中で、今後このルームシェアの試みは増えるかもしれない――とは思った。彼女たちはその先取りをしているのだと考えると、僕まで少し興奮してしまったほどだ。

ところが、一通りルームシェアの説明が終わり、同居人たちの簡単な紹介と共同生活上のエピソードがいくつか披露されたあと、唐突に彼女がこう言った。

「でも私、半年前から独り暮らしなの」

てっきり今もルームシェア中だと理解していたので、とても驚いた。しかもそれまでの話から、彼女がルームシェアという生活スタイルを心地良く感じていることは、まず間違いなかったので尚更《なおさら》である。

「どうして止《や》めたんですか」

そう尋《たず》ねた僕に、彼女は躊躇《ためら》いながらも、ある一人の同居人に関する気味の悪い出来事を話してくれた。その十数年も前に耳にした彼女の体験談が、大掃除で『同居人求む』を目にした瞬間、ふっと僕の脳裏に蘇《よみがえ》ったのだ。

　以下に記すお話は、この亀有真由美さんの体験を基にしている。なお、ルームシェアをしていた一軒家の所在は、念のため伏せることにした。ご理解をいただきたい。

＊

　亀有真由美が「四つ葉荘」と呼ばれる一軒家でルームシェアをすることになったのは、会社の先輩である浦安景子《うらやすけいこ》のお蔭《かげ》だった。

「お蔭って言われると、何か申し訳ないわね。私も真由美があの家に入ってくれたお蔭で、こうして何の問題もなく式を挙げられたんだもの」

　その年の五月に執《と》り行なわれた結婚式の二次会で、改めて礼を述べた真由美に、新婦の景子は満面の笑みでそう返した。ちなみにお相手の新郎は、彼女たち総務部の隣のフロアに入っている第一営業部の課長だった。課長といっても社内では最年少で、年齢も景子より一つ下になる。将来を嘱望《しょくぼう》されている若手の出世頭といったところか。

　四つ葉荘とは都内のS区のO町にある二階建ての賃貸物件で、景子が学生時代に同大学の三人の学生たちと同居生活をはじめた家に名づけた、言わば通称である。

　景子が四つ葉荘に入ったきっかけは、大学の掲示板に張り出されたルームシェアの案内だったらしいのだが、詳細は真由美も知らない。彼女が聞いたのは、景子が学生時代から寿退社をするまでの七年間をそこで生活し、その間に三人の同居人たちの顔触れが何度か変わったこと、新しい人が入るうちに同大学の学生という繋《つな》がりが消えて、今は異業種の社会人の集まりになっていること、その程度である。

　ずっと同居人が四人に保たれているのは、いかなる事情であれ四つ葉荘から出る者は、自分の代わりの間借り人を見つけなければならない、という決まりがあったからだ。そのため真由美が、もし先輩の誘いを断わっていれば、そう簡単には景子も結婚できなかったことになる。

　そんな莫迦《ばか》な……と当初は真由美も呆《あき》れたが、実際に自分がルームシェアをしはじめると、そういう決まり事の大切さが分かり出した。

　四つ葉荘には、一階にキッチン兼ダイニング、洗濯機が置かれた洗面所とバスとトイレ、四畳半の洋室と六畳の和室、二階に六畳と八畳の洋室がある。この一つの和室と三つの洋室に、それぞれ一人ずつ住むわけだが、部屋の広さによって負担する家賃が違っている。二階の八畳が一番高く、次が同六畳で、一階の二部屋が同じ料金で最も安い。四畳半の洋室と六畳の和室が同額なのは、和室よりも洋室を好む人が多いせいらしい。家賃以外の費用——水道光熱費やトイレットペーパーなど共同の消耗品代——は、すべて四等分する。月初に決められた金額を、ダイニングに置いてある共同の貯金箱に入れる仕組みになっている。

　ルームシェアのメリットは色々とあるが、やはり一番は金銭的な問題だろう。安価な家賃負担で、独りでは絶対に住めない一軒家に暮らし、共同とはいえ集合住宅のワンルームよりも広いキッチン兼ダイニングやバスを使える。そういった点が何よりの魅力だった。そのため急に一人が抜けると、他の三人の金銭負担が増えてしまい、肝心の利点が弱まることになる。シェアを抜ける一人は気楽なものだが、残った三人は堪《たま》らない。その後の生活にも差し支える人が出るかもしれない。

この問題を未然に防ぐために、四つ葉荘のルームシェア・ルール十ヵ条の第一には、こう記されていた。

一、四つ葉荘を出る者は、必ず次の入居者を見つけておくこと。新しい間借り人が用意できない場合は、見つかるまで自室だった部屋の家賃負担をすること。

結婚を控えていた浦安景子が、真由美と同じく「お蔭」という言葉を口にしたのは、そんな事情があったからだ。

結局、微妙に意味は異なるものの、「お互い様」という台詞《せりふ》が一番相応《ふさわ》しかったのかもしれない。景子は予定通り四つ葉荘のシェアから抜けて、新居のマンションで新婚生活をはじめることができ、真由美は通勤に一時間半もかかるH市の集合住宅を出て、もう少し安い家賃で会社に近い一戸建てに住めるようになったのだから。

とはいえルームシェアという制度に、まったく真由美が不安を覚えなかったわけではない。自分だけの部屋があるとはいえ、見ず知らずの三人と暮らすのだ。しかも、そのうちの一人は男性だった。

「沢渡《さわたり》君なら大丈夫よ」

四つ葉荘の話を真由美にした際、まず景子が説明した同居人が、二階の八畳間に住む二十八歳の沢渡だった。唯一の男ということで、やはり景子も気にしたらしい。

「ある大手の技術屋だけど、うちの若い女子社員より、よっぽど気遣いのできる人なの。そのうえ料理も上手だから、皆で夕食を作るときなんか重宝するわよ。彼は車を持ってるから、時には乗せてもらうこともあるしね」

二人目は一階の四畳半の洋室に入っている、徳永《とくなが》という三十歳の女性だった。

「徳永さんは看護婦だから、病気のときなんか、そりゃもう心強いわよ」

そう言われて真由美は、かつて風邪で高熱が出て会社を休んだものの、食べ物の買い置きがなくてひもじさに難儀した辛《つら》い体験を、まざまざと思い出した。

そして三人目が、二階の六畳間で暮らす二十三歳のOLだった。この野々村《ののむら》という女性が年齢も、大人しそうな性格や仕事の内容も、どうやら真由美に一番近いようだった。大きく異なるのは野々村の実家がS県の田舎にあり、ほぼ毎月のはじめにお米や野菜を送ってくれることだろうか。

「しかもさ、彼女に届いた食料は、全部キッチン兼ダイニングに置かれるのよ。つまり誰が、どれほど使ってもいいわけ。これは助かるわよぉ」

確かに食費が少しは浮くかもしれないと、このとき真由美は早くも打算した。

「ルームシェアをしている年月は、沢渡君が三年、徳永さんが五年で、野々村さんが半年ってところ。大家さんと交わす賃貸契約上の借主は、これまで私名義だったけど――一番長く住んでたからね――私が出たあとは、徳永さんが引き受けてくれることになってるの」

景子の話がここまで進んだ時点で、ほとんど真由美は四つ葉荘に入る気になっていた。ただし、見ず知らずの他人との共同生活には、やはり一抹の不安が残ってしまう。

それを正直に伝えると、景子が四つ葉荘のルームシェア・ルール十ヵ条の二以降を教えてくれた。

二、家賃は自分の部屋の分を負担し、水道光熱費や共同で使う消耗品の費用は四等分する。

三、共同の場の掃除やゴミ出しなどは、すべて当番制にする。自分の部屋の掃除もサボらないこと。

四、家の中では挨拶《あいさつ》をする。特に帰宅したときは、必ず玄関で「ただいま」と声を出す。

五、人の部屋には断わりなく入らない。ノックしても応答がない場合は、そっとしておく。

六、自分の話題ばかり口にしない。愚痴《ぐち》ばかりこぼさない。人のプライベートを詮索《せんさく》しない。
七、人の食材を勝手に使わない。よく使用する調味料は自分で用意する。
八、部屋でテレビを観たり音楽を聴くときは、音量に気をつける。
九、恋人や友人や親族など、とにかく第三者を家に上げる場合は、事前に他の三人の許可を得る。
十、月に一度くらいは全員で夕食の席について、お互いの親睦を深め合う。

以上のルールを聞いて、真由美の迷いはなくなった。共同生活の利点を活かしつつ、個人のプライバシーにも配慮した見事なルール作りになっていると感心したからだ。

その年の四月下旬の土曜日、午前中に景子の、午後から真由美の引っ越しが行なわれた。そして翌日の日曜の夜に、沢渡と徳永と野々村が、真由美の歓迎会を開いてくれた。

景子の話通り、用意された料理のほとんどは沢渡が作った。非常に凝《こ》ったものが多く、とても美味《おい》しかった。びっくりしたのは、三人とも酒に強いことだった。真由美も飲むが、適量を超えると眠たくなってしまう。この日は彼女の歓迎会ということで、普段よりも飲んだ。そのため睡魔に襲われかけたが、幸いにもと言うべきか、それを沢渡が吹き飛ばしてしまった。宴も酣《たけなわ》というところで、彼が怪談を語りはじめたからだ。

真由美は怖がりな癖に、本当にあったという怖い話やホラー映画が大好きだった。

「怖がるんだったら、最初から読まなきゃいいのに。ホラー映画も、わざわざレンタルして観るんでしょ？　訳が分かんないよ」

だから友達に、よく呆れられた。でも、好きなものは仕方ない。その結果、怖がってしまうのも。

歓迎会がお開きとなる頃、すっかり真由美は四つ葉荘に馴染《なじ》むことができていた。少しだけ残っていた不安も綺麗《きれい》さっぱり消えていて、明日からの皆との新しい生活に、とても明るい希望を見出していたほどである。

ところが、そんな彼女の期待は、やや肩透《かたす》かしを食らう羽目になってしまう。

沢渡と徳永の二人が、とにかく忙し過ぎたからだ。そのためろくに顔を合わせる機会がない。沢渡は土日でも出社することが多く、徳永は日勤と準夜勤と夜勤のシフトがあり、そもそも真由美とあまり時間が合わない。さらに准看護婦の徳永は、正看護婦の資格を取りたいらしく、休みで家にいるときでも勉強をしている。本当は看護学校に行く必要があるが、その資金も貯めているところなのだという。三十歳で准看ということは、以前は別の勤めをしていたのかもしれない。いずれにしろ彼女は、看護婦の仕事一筋の生活をしていた。

野々村は九時から五時までの典型的な腰かけＯＬで、ほぼ定時に帰宅できる結構な身分だったが、たいていは遊び歩いているようで、土日もデートだったり、友達と出かけることが多い。

つまり平日の夜も休みの週末も、四つ葉荘にいて暇なのは真由美独りというときが、しょっちゅうあるのだ。そのためルームシェア・ルール十ヵ条の中でも最後の項目――月に一度くらいは全員で夕食を共にする――は、ほとんど実行できないような状態だった。

とはいえ真由美は、特に不満も覚えなかった。入居早々に期待した和気藹々《わきあいあい》の夢の共同生活こそ実現しなかったが、代わりに思ってもみなかった独り暮らしに近い自由を、彼女は手に入れたからだ。ルームシェアという制度が直面する対人関係の様々な問題を考えてみれば、この状況がどれほど素晴らしいかよく分かる。

このちょっとした思い違いを除けば、真由美の四つ葉荘での新生活は順調だった。通勤時間が半分になったことが、やっぱり一番大きかったかもしれない。起床する時間が遅くなったのに、帰宅する時間は早まった。時間的に余裕ができたお蔭で、精神的にも随分と楽になった気がした。

沢渡も徳永も、真由美から見れば立派に自立した大人に映った。もちろん彼女も野々村も、他人からは一人前の社会人に映るとは思う。ただ二人に比べると、まだまだ半人前のように感じられてならない。

特に野々村さんは……。

先輩の景子から聞いた人物紹介のうち、沢渡と徳永はぴったり合っていたが、どうやら野々村だけは外れていたらしい。景子が半年しか同居していなかったのと、そのとき一番年下だった野々村が猫を被《かぶ》っていたせいではないか、と真由美は睨《にら》んでいる。

どれだけ野々村が遊び回ろうと、当たり前だが真由美には何の関係もない。むしろ四つ葉荘に彼女のいない時間が増えるので、有り難いくらいだ。ただ、沢渡と徳永が尊敬できる人物だけに、少し残念な気もした。それが手前勝手な感情だと分かりながらも、どうしても野々村には厳しい視線を注いでしまう。

その野々村が変わり出したのは、八月の下旬頃からだろうか。真由美が最初に「異変」に気づいたのは、いつものように会社から帰宅して、夕食の支度をはじめようとしているときだった。

二階の野々村の部屋は、キッチン兼ダイニングのほぼ真上に当たる。そのため彼女が在室していると、その気配が一階に伝わってくることがある。このときがそうだった。

「あれ？　帰ってるんだ」

思わず真由美が呟《つぶや》いたほど、そんな早い時間に野々村が部屋にいるのは珍しかった。

だったら彼女の分も作ってあげようか。

真由美がそう思ったのは、顔を合わせる機会が少ないとはいえ、自分が意図的に野々村を避けている節《ふし》があることを、実は後ろめたく感じていたからだ。しかもその日の献立は、彼女の田舎の食材を使った野菜炒《いた》めだった。

うん。野々村さんを夕食に誘おっと。

なんとなく晴れ晴れとした気分で、真由美は玄関の側《そば》の階段を上がり、彼女の部屋の扉をノックした。

「亀有です。今から野菜炒めを作るんですけど、野々村さんも一緒に食べませんか」

そう声をかけたのだが、室内からは何の応答もない。

「あっ、野菜は野々村さんの実家のものを使わせてもらいますので、何の遠慮もいりませんよ」

急いでそう付け加えたが、相変わらず一言の返事もない。

何よ！

真由美は少し腹が立った。確かに「ノックしても応答がない場合は、そっとしておく」というルールはあるが、食べたくないなら「いりません」くらいは言っても良いだろう。それが共同生活の礼儀ではないか。

それとも寝てるのかな。

こんなに早く帰宅したのは、会社で具合が悪くなったせいかもしれない、と真由美は思い直した。

そっと扉に耳を当てて、室内の様子を窺《うかが》う。でも中からは何の物音もしない。これはベッドに入っている証拠ではないか。だとしたら、尚更お粥《かゆ》くらいは作ってあげたい。

「野々村さん……」

もう一度だけ声をかけようとして、だが、とっさに真由美は躊躇った。大して親しくないのに、これ以上は迷惑ではないだろうか。ここはルールを守っておいた方が良いのかもしれない。そんなルームシェアならではの気遣いが、ふっと出てしまったのだ。

ところが、一階に戻って食事の支度をはじめると、再び二階で野々村の気配がした。それも部屋の中を歩いているような物音が、天井から伝わってくる。

えっ、起きてるの？

真由美は戸惑《とまど》ったが、またしても腹が立ってきた。まるで彼女が声をかけたときだけ居留守を使い、扉の前から立ち去った途端《とたん》、活発に動き出したみたいではないか。

「余計なお節介でしたね。もう絶対に構いませんので」

二階に向かって小声で毒づくと、真由美は野菜をふんだんに炒めた。使わなければ傷んで勿体《もったい》ないと思ったせいもあるが、そこに野々村に対する腹立ちが少しもなかったかと言えば、やっぱり嘘《うそ》になる。

この日を境に、真由美が会社から四つ葉荘に帰宅すると、すでに野々村が二階の自室にいるらしい……という状態が続いた。会社がある平日だけではない。それまで必ず野々村が外出していた土日も、ふと真由美が気になって一階から様子を窺うと、いつも二階で彼女の気配がする。

どうしちゃったんだろ？

さすがに好奇心を覚えて、何度かお茶や食事に誘ってみたが、結果は同じだった。真由美が部屋の前に行くと、ぴたっと室内の気配が消えてしまう。

私、嫌われてるんだ……。

無視されているという腹立ちが、やがて落ち込みに変わった。そのうち、こんな状態でルームシェアを続けても良いのだろうかと、真由美は悩むようになる。

九月も半《なか》ばを過ぎたある土曜日の午前中、たまたま夜勤明けで帰宅した徳永と顔を合わせたので相談すると、意外な反応があった。

「そう言えば私も、最近は彼女から避けられているような気がするわ」

徳永が休みの日、ダイニングでお茶を飲んでいると、二階に野々村がいるらしい物音がした。それで誘いに行ったのだが、扉をノックしても返事がない。

「そんなことが、二度ほどあったわね」

だが、さっぱりした性格の徳永は、少しも問題にしていないらしい。

だが真由美は、とっさに別のことが気になった。

「徳永さんのお休みって、平日じゃなかったんですか」

「あっ、そうよ。ということは彼女、会社を休んでたのかしらね」

「二度とも？」

「それは変ね。じゃあ私の勘違いかも」

あっさりと徳永は前言を翻《ひるがえ》したが、何とも言えないもやもや感が真由美の胸には残った。

私の場合も気のせいだった？

そう考えかけて、慌《あわ》てて首を振る。徳永よりも遥《はる》かに多く、真由美は二階の気配を察していた。あのすべてが勘違いだったとは、とても思えない。

それとは別に一つ、実は気になることがあった。最近どうもお金の減り具合が早いのだ。いつも給料が振り込まれた翌日、真由美は一ヵ月分の生活費を下ろして、小さな衣装簞笥《だんす》の引き出しの奥に仕舞っておく。そして財布には一週間おきくらいに、そこから現金を補充するようにしているのだが、その減り方が明らかにおかしい。手持ちの現金が前月までより早くなくなろうとしている。かといって無駄遣いをした覚えはまったくない。

まさか、盗《と》られてる？

そんな信じられない答えが脳裏を過《よぎ》り、思わず真由美は苦笑しそうになった。だが次の瞬間、彼女は真剣にその可能性を考えていた。

四つ葉荘の四つの部屋には、それぞれ鍵がついている。真由美が暮らす和室も同様で、二枚の襖《ふすま》が合わさる箇所に、およそ場違いなシリンダー錠が取りつけられていた。ただし住人の誰も、外出時に鍵はかけない。各自の部屋の窓と玄関の戸締を徹底しているため、特に必要を感じないせいだ。共有スペースの窓の施錠《せじょう》も、一階と二階で担当を決めてある。だから空《あ》き巣《す》とは思えない。そもそも泥棒なら、すべての現金を盗んでいくはずだ。となると、あとは内部の者の仕業《しわざ》ということになる。

野々村さん……。

彼女がばれないように、真由美の簞笥から時折、少額ずつ抜いているのだろうか。めっきり外出が減ったのは、遊び過ぎて貯金が底をついたからではないか。ひょっとすると同じ被害に、沢渡や徳永も遭っているのかもしれない。

とはいえ何の証拠もないのに、いきなり二人に疑惑をぶつけるのは躊躇われた。もちろん本人に訊《き》くこともできない。そこで真由美は出かけるとき、必ず部屋に鍵をかけるようになった。にも拘《かかわ》らず奇妙な現金の減少は、その後も続いたのである。

なんか気持ち悪い……。

十月に入る頃には、四つ葉荘で暮らすのが少し怖いと思うまでに、真由美はなっていた。キッチン兼ダイニングで料理をしたりお茶を飲んだりするとき、どうしても天井を仰いでしまう。二階の気配を探ろうとしてしまう。意識しないでおこうと考えても、気になって仕方がない。

私、軽いノイローゼかな。

このままでは良くないと思い、とりあえず現金はすべて持ち歩くことにした。また野々村が部屋にいそうだと感じたときは、努めて明るく食事やお茶に誘うようにした。が、依然として現金の謎《なぞ》の減少は続いた。野々村の部屋の前に立った途端、ぴたっと室内の気配が消えて、全く返事がないのも相変わらずだった。

ただ、そうやって野々村を誘い続けているうちに、いつしか真由美はある妙な気配を感じるようになった。ノックをした扉のすぐ向こう側で、野々村が息を殺しながら凝《じ》っと真由美の様子を窺っている……そんな何とも薄気味の悪い感触である。

それこそ気のせいよ。

何度も自分に言い聞かせたが、一度そんな風に想像すると、もういけない。次第に足が遠退《とおの》き出した。二階へ上がることが、ほとんどなくなった。するとまるで計ったかのように、野々村の部屋から伝わる気配が大きくなり、その回数が増えはじめた。やがて真由美がキッチン兼ダイニングにいるときは、ほぼ常にと言って良いくらい、二階から室内を歩き回っている物音が、はっきりと響くようになった。しかも、そのうち真由美は一階でも、彼女の気配を身近に感じるようになってしまう。

帰宅して玄関から廊下《ろうか》を奥へと歩いているとき、システムキッチンに向かって料理をしているとき、洗面台で歯を磨いているとき……など、ふっと背後に視線を感じる。恐る恐る振り返るが、誰もいない。だが、ねっとりとした眼差《まなざ》しの忌まわしい感覚が、はっきりと背中には残っている。

いつしか真由美は、四つ葉荘では常に後ろを振り返る癖がついてしまった。すると今度は、彼女が風呂やトイレに入っているときに、扉の向こうに佇《たたず》む野々村の気配を感じるようになって……。

もう耐えられない。

完全に真由美が参っていると、その数日後、珍しく沢渡がとても早い時間に帰宅した。

「ただいま」

挨拶だけして彼が二階に上がろうとしたので、彼女は慌てて玄関へ出て行った。

「沢渡さん、お帰りなさい」

「ああ、亀有さん。なんか久しぶりだね」

沢渡は大仰《おおぎょう》に驚くと、真由美を繁々《しげしげ》と見詰《みつ》めながら、

「こうやって顔を合わすのは、お盆休みの宴会以来じゃないかな」

「はい。そんな莫迦なと思いますが、本当にそうです」

真面目に返した真由美を、沢渡は可笑《おか》しそうに眺めていたが、彼女の真剣な表情に気づいたのか、

「どうかしたの？」

「お疲れのところすみませんが、ちょっとお話があります」

「今すぐ？」

さらに彼が驚いた顔をしたので、真由美はとっさに考えて提案した。

「いえ。よろしければ私が夕食を作りますので、それを食べながらということで、どうでしょう？」

「おおっ、いいね。それじゃそうしよう」

真由美が料理をしている間に、沢渡はシャワーを浴びた。出てきてからは「悪いね」と彼女に声をかけつつ、冷蔵庫からビールを取り出して飲んでいる。

「お仕事、一段落ついたんですか」

「一応ね。でも、またいつ呼び出されることか」

「大変ですね」

「辞めたいと思うけど、これじゃ転職先を探す暇もないよ。それに俺らのような技術屋は、なかなか潰《つぶ》しが利かない。移るとしても、また同業種になっちまう。けど、それじゃあんまり意味がない」

料理ができて食事がはじまってからも、しばらくは沢渡の仕事の話が続いた。

ただし食事の途中で、

「いやー、しかしこんな旨《うま》いものを、俺だけ食べていいのかな。あとの二人は？」

沢渡が急に同居人を気にし出した。

「徳永さんは、準夜勤です」

「あの人も忙しいからなぁ。野々村さんは、相変わらずのお出かけか」

「いえ、それが……」

「えっ、いるの？　だったら呼んであげればいいのに」

そう口にしたところで、真由美の意味ありげな沈黙に気づいたらしい。

「……ひょっとして話というのは、野々村さんのこと？」

こっくりと彼女が頷くと、その仕草《しぐさ》を見て沢渡は、

「どうやら軽くない話みたいだから、先に食事を済ませてしまおう」

そこから二人は黙々と、目の前の料理を片づけることだけに専念した。

食後、沢渡も手伝って食器を流しに運ぶと、彼にワインを飲むかと訊かれた。酒を飲みながらする話ではないと思い、とっさに断わろうとしたが、むしろ酒の力を借りない

とできないような気もした。

「それじゃ、いただきます」

「安物だけど、口当たりはいいんだよ」

いったん沢渡は二階の自室へ上がると、赤ワインのボトルを持って戻ってきたが、

「野々村さん、いないんじゃないか」

そう言って天井を指差した。

「どうしてです？」

「部屋から何の気配もしないし、軽くノックしたけど返事もないからさ」

沢渡が帰宅するまで、その部屋で歩き回る彼女の気配がはっきりしていたことを、まず真由美は伝えた。

「ほんとに？」

驚きながらも彼は、同時に戸惑ってもいるようだった。彼女の話というのが何なのか、まったく見当もつかなかったからだろう。

「とにかく飲もう」

真由美が食器棚からグラスを二つ取り出し、沢渡がボトルのコルクを抜いて、しばらく二人はワインの香りと味を楽しんだ。それが良かったのか、この二ヵ月ほどの間に体験した奇妙な出来事について、真由美はかなり冷静に話すことができた。

沢渡は一言も口を挟まなかった。彼女の話に耳を傾けながら、ひたすらワインを飲ん

でいる。

「――そして今夜も、野々村さんは部屋にいるのに、やっぱり出て来ないんです」

そう締め括《くく》ると、ぽつりと彼が漏らした。

「引き籠《こも》りか」

「会社も欠勤してるってことですか」

「その可能性はあるな。ただ、だったら会社や親から連絡くらいあるか。まず彼女の携帯にかけるだろうけど、ここの電話に何の連絡も入らないのは、ちょっと変だな」

四つ葉荘にはキッチン兼ダイニングに固定電話がある。対外的に電話番号を記す必要がある場合、同居人の誰もがその番号を使っていた。

「そうですよね。つまり引き籠りというほどではない……」

「にしても妙だよな。亀有さんが家にいるとき、決まって二階の部屋で気配がするんだろ」

「……はい」

「しかも最近は、益々《ますます》それが激しくなってきている」

「……そうなんです」

そこまで真面目な表情だった沢渡が、さらに真剣な顔になったかと思うと、

「そんな不可解なことが起こりはじめたのは、八月の下旬くらいからだって言ったよね」

「それってさ、あの肝試しのあとってことにならないか」

「ええ」

「………」

　そう言われた途端、なぜか真由美はぞっとした。

　八月のお盆の時期だった。皆の休みが珍しく合ったので、暑気払いの会を四つ葉荘ですることにした。しかし、ちょうど全員とても腹の立つ出来事があったため、いつしかその場は自棄酒《やけざけ》を飲む会へと変わってしまった。しかも酔った勢いで、あろうことか沢渡の車に乗り込み、心霊スポットとして有名なH城跡まで、わざわざ肝試しに行ったのである。

「あのとき俺、かなり飲んでたよな。よく事故らなかったと思うよ。警察にも捕まらなかったし」

「誰もが、ちょっと正常な判断ができない状態だったのかもしれません」

「そうそう。飲酒運転なんて、普通なら徳永さんが絶対に許さないもんな。いや、別に彼女の責任にするつもりはないんだけどさ」

　言い訳をする沢渡に、よく分かってますとばかりに真由美が頷くと、

「それがH城跡に着いて、少し散策しただけで、あっという間に皆の酔いが醒めたんだからなぁ」

　その夜も彼は既に酔いはじめていたが、暑気払いの会のときは、こんなものではなか

った。

「いや、あのときは本当に参った。さすが心霊スポットとして名高いだけはあると、もう畏れ入ったよ」

「徳永さんは気分が悪くなり、私も蒸し暑い夜だったのに、もう震えが止まらなくなって……」

「俺も酔いは醒めたのに、なぜか頭が痛かった。それで慌てて帰ることにしたよな」

「はい、わざわざ行ったのに、十分くらいしか、結局いなかったんじゃないでしょうか」

あの夜を振り返って返事をする真由美に、沢渡が何とも言えない表情を浮かべながら、

「でも、もしかするとあのとき、実は余計なものまで連れ帰ったのかも……」

「えっ」

「正確に言うと、あそこで野々村さんに何かが憑《つ》いてしまった。それを俺たちは知らずに、四つ葉荘まで連れて来てしまったとしたら……」

「な、何かって?」

「幽霊とかお化けの類に決まってるじゃないか」

そんなことが本当に……と疑う気持ちとは裏腹に、それで野々村に関する不可解な出来事の説明がつくと、妙に真由美は納得してしまった。

「それじゃ、二階のあの部屋にいるのは……」

「ああ、野々村さんであって彼女ではない。いや、この場合は彼女独りではないと言うべきか」

つまり二階の廊下に立った真由美が、扉の向こうに感じたものとは、得体《えたい》の知れない何かに憑かれた野々村だった……ということになる。

さぁっと顔から血の気が引き、ぞわっと項《うなじ》が粟立《あわだ》ったところで、急に沢渡が笑い出した。

「おいおい、冗談だよ」

「はっ？」

「亀有さんがさ、どうも超自然的な解釈を求めてるみたいだったから、とっさの思いつきを言っただけだよ」

「そ、そんな、別に私は……」

「いや、悪かった。ごめん。まさか真に受けるとは思わなかったからさ」

そう言えば怖い話が好きな癖に、その手の現象を沢渡は少しも信じていないらしい。基本的に彼は合理主義者だったことを、遅蒔《おそま》きながら真由美は思い出した。

「弱ったなぁ。そんな顔されると……」

よほど彼女が情けない表情をしていたのか、彼は急に立ち上がると、

「よし。今から野々村さんを飲みに誘おう」

全く止める間もなくキッチン兼ダイニングを出て、さっさと独りで二階へ上がってし

まった。

「沢渡です。亀有さんと下で飲んでるんだけど、一緒にどうですか」

すぐに扉をノックしながら、しきりに誘い出している声が響いてきた。玄関に続く扉が開いたままなので、二階とはいえよく聞こえる。

「野々村さん、いるんでしょ」

しかし、やっぱり室内からは何の応答もないらしい。

「飲む気分じゃないのぉ？」

それでもお構いなく沢渡は、しばらく声をかけていた。

「おーい、野々村さーん」

だが一向に返事がないので、さすがに彼も諦めたのか、

「あっ、ごめん。ルームシェアのルールを忘れてた。返事がなければ、そっとしておくだったよな。お騒がせして申し訳ない」

そう言って謝ると、ようやく二階から下りてきた。

「でもさ」

ところが、沢渡は急に階段の途中で振り返ったらしく、いきなり声を張り上げると、

「野々村さんがずっと籠ってるのを、亀有さんがとても心配してるからさ。彼女には今度、ちょっとだけでも顔を見せてあげてよ」

その台詞を耳にして、真由美はぞっとした。彼女が野々村を気にかけていると、相手

に知られてしまうのが、とても恐ろしいことのように、どうしてか分からないが強く感じたからだ。

結局その夜は沢渡の酒に付き合っただけで、何の進展もないままだった。むしろ彼が余計なことをしたお蔭で、事態は悪くなったかもしれない。

翌日、会社を出た真由美は夕食を外で済ませ、用もないのに百貨店や書店を梯子《はしご》して、意図的に帰宅を遅らせた。四つ葉荘に帰るのが怖かったのだ。

野々村はH城跡で何かに憑かれてしまった……。

沢渡が冗談で口にした、この解釈が恐ろしかったせいもあるが、それだけではない。どうして真由美の現金が減るのか。なぜ野々村の会社や両親は連絡してこないのか。ずっと部屋に閉じ籠っていて、食べ物やトイレはどうしているのか。それとも日中は部屋から出ているのか。

よく考えると、そういった現実的な疑問がかなりある。その事実が、また堪らなく恐ろしかったのだ。

しかし、外で時間を潰すのにも限界がある。最後まで開いていた書店が閉店したあと、チェーン店のカフェでお茶を飲んだ真由美は、仕方なく最寄り駅から電車に乗って帰宅の途についた。

徳永は夜勤で、沢渡も遅くなると言っていた。今夜も間違いなくあの家にいるのは、今や得体の知れぬ存在と化した野々村だけのはずである。

厭《いや》だなぁ……。

電車が降車駅に着いて、いつもの帰路を歩き出しても、真由美の足取りは重かった。四つ葉荘が近づくにつれ、何とも言えない気分になってくる。本当は途中で回れ右をしたかった。でも、何処にも行く当てなどない。それに明日も会社はある。世の中は普通に動いているのだ。

そう考えると、こんな風に帰宅を恐れているのが、何だか滑稽《こっけい》に思えてきた。だが、そう感じたのも短時間だった。四つ葉荘に着いて玄関を開けた途端、物凄《ものすご》い後悔の念に襲われた。

やっぱり帰るんじゃなかった……。

そっと靴を脱ぐと、物音を立てないようにして上がる。「ただいま」の挨拶など、とっくに言わなくなっている。むしろ真由美が帰宅したことを、野々村には知られたくない。そのまま忍び足で静かに廊下を進もうとして、はっと彼女は気づいた。

野々村さんの靴……。

ゆっくりと振り返って見ると、玄関のたたきに彼女の靴がない。真由美の靴を除けば、女物では徳永のものと思われるパンプスがあるだけだ。

出かけてる？

とっさに喜びかけて、待てよと思った。そう言えばここしばらく、野々村の靴は見ていないような気がする。引き籠り出すと同時に、もしかすると下駄箱に仕舞ってしまったのかもしれない。

ただの糠《ぬか》喜びに真由美が項垂《うなだ》れていると、いきなり携帯の着信音が鳴り響いた。

慌てて鞄《かばん》から取り出し、ちらっと相手を確認してから、通話ボタンを押しつつ廊下を走り、キッチン兼ダイニングの扉を抜けて入ると、襖の鍵を開けて部屋に飛び込みながら、彼女は携帯を耳に当てた。

「もしもし、すみません」

「ちょっと真由美、大丈夫なの？」

かけてきたのは和室の元の住人、浦安景子だった。

「い、今、帰って来たばかりなんです」

「仕事が忙しいの？」

「……いえ、ちょっと寄り道をしたもので」

「珍しいわね、真由美が会社帰りに寄り道なんて」

「はぁ」

「やっぱり何かあるんじゃない？」

「えっ？　ど、どういうことですか」

驚いて尋ねると、景子から意外な返答があった。

「うちの旦那《だんな》がね、最近あなたの様子が、どうも変だって言うのよ」

景子の夫は、真由美がいる総務部の隣のフロアに入っている第一営業部の課長である。

だから彼女の様子に気づいても、別におかしくはない。ただ、そんな風に判断されるほど実際に態度が変だったのかと思うと、恥ずかしさよりも恐ろしさの方が先に立ち、ちょっとしたパニックに陥ってしまった。

「真由美！　しっかりしなさい。聞いてる？　私の声が聞こえてる？」

「……は、はい」

「何があったの？　私で良かったら聞くから、最初から話してごらん」

景子に促《うなが》され、真由美はすべてを喋《しゃべ》った。はじめのうちは景子も相槌《あいづち》を打っていたが、すぐに黙って聞き耳を立ててるだけになった。それでも先輩が聞いているのは分かったので、真由美は話し続けた。そして昨夜の沢渡との出来事まで語り切ると、ようやくそこで口を閉じた。

ところが、景子がうんともすんとも言わない。ただ、彼女の息遣いが聞こえるばかりである。

「もしもし、景子さん？　先輩、聞こえてますか」

「……うん」

「どうしたんです？」

完全に立場が逆になっている。

「まさか、私の今の話に心当たりがあるとか……」

「……いいえ、違うの」

弱々しい声だったが、はっきりと景子は否定した。それから躊躇うような口調で、

「ただ……」

「ただ？　何です？」

「真由美の言ってることは、明らかに変なの」

「そ、それは自分でも分かってます。でも――」

「違う。そうじゃなくて……」

「えっ？」

「だって野々村さんは、盆前に四つ葉荘から出て行ったじゃないの」

景子が何を言っているのか、とっさに理解できなかった。ただ、首筋から冷水を流し込まれたような、ぞっとする震えが真由美の背筋を伝い下りた。

「しかもルームシェアのルールを破って、次の入居者を見つけもせずに、彼氏と同棲《どうせい》するからという自分勝手な理由で、さっさとそこを出たんじゃない」

「………」

「だから真由美たち三人は、たまたま盆休みが合ったこともあって、憂さ晴らしをするために宴会をしたんでしょ」

「………」

その瞬間、真由美は今まで見えていなかったものが、くっきりと鮮明になったような気がした。

野々村を夕食に誘ったとき、野菜が傷まないうちに使う必要があると思ったのは、すでに日数が経《た》っていたからだ。それらの野菜はきっと八月の初旬にでも、彼女の田舎から送られてきた最後の食材だったのだ。

生活費の減り方が早いと感じたのも当たり前だ。野々村の部屋の家賃を残った三人で負担しなければならず、そのうえ彼女の田舎の米や野菜を使わせてもらって、食費を抑えることができなくなったため、それまでよりも出費が増えたせいである。

でも……。

そんな莫迦なことが本当に起こるわけない……と真由美が身構えたところへ、景子の声が聞こえた。

「肝試しのことは聞いてないけど、そのH城跡というところに野々村さんがいたわけないのよ」

「………」

「だから当然、野々村さんが何かに憑かれて、それを四つ葉荘に連れて帰ったなんてことも、絶対に有り得ないの」

「でも……」

「彼女の部屋に、お盆の頃から誰かがいるっていうの？」

そのとき突然、キッチン兼ダイニングの天井で、どんっという物音が響いた。

「ひいっ」

くる。

和室の襖の上部は欄間《らんま》になっている。だから隣室とはいえ天井の物音は直《じか》に伝わってくる。

「何？　どうしたの？」

「い、い、今……、二階で物音が……」

「どんな？」

「足を踏み鳴らすような……どんっていう……あっ、歩き出した。部屋の中を、ぐるぐると歩いてます」

いつも以上に大きく響く足音が、欄間を通ってはっきりと真由美の耳にまで届いている。

「徳永さんと沢渡君は？」

「い、いません。徳永さんは夜勤だし、きっと沢渡さんも遅いはずです」

「二人が帰るまで、あなた独りなの？」

「はい」

「真由美、とにかく逃げなさい。財布だけ持って、急いでそこから出るの」

「で、でも……」

「いいから早く！　行くところがないなら、うちに来れ――」

ぷつっ……と急に電話が切れた。

がちゃ……と微《かす》かに扉の開く音がした。

とんとんとんっ……と何かが階段を下りて来る。

したしたしたっ……とそれが一階の廊下を進んでいる。

がちゃ……と今度はキッチン兼ダイニングの扉が開く。

ひたひたひたっ……とそれがこちらに近づいて来た。

とっさに真由美は襖に飛びつくと、震える右手で内鍵の摘《つま》みを回した。

ほとほと……。

次の瞬間、襖を叩《たた》く弱々しい音がした。

慌てて、しかし静かに後ずさると、真由美は必死に息を殺した。襖を見ないですむように、思わず俯《うつむ》く。だが、聞き耳だけは立てている。

かりかりっ……。

襖を爪で引っ掻《か》く音が聞こえる。

がりがりっ……。

その物音が次第に激しくなる。

ばりばりっ……。

このままでは襖が破られるというほど、引っ掻く音が全体に広がる。今にも唐紙に穴が開き、にゅうっと手が出るのではないかと慄《おのの》いていると、急に静かになった。

止んだ……。

和室の真ん中で立ち竦《すく》みつつ、ひたすら襖の向こうの気配を真由美は探った。だが、しーん……としているだけで何も感じない。

行ってしまった？

そう思いかけて顔を上げたところで、欄間の隙間からこっちを覗《のぞ》いているそれと目が合った。

そこからの出来事は真由美にとって、薄い被膜を通して眺めていたような、まるで他人の体験のような、そんな不思議な感覚がある。

背後の窓がどんどんと叩かれ、真由美は我に返った。それまでの間、どうやら失神していたらしい。窓を開けると、車で駆けつけてくれた景子がいた。先輩に家の鍵を渡して、玄関から靴を取ってきてもらい、真由美は窓から外に出ると、その夜は景子のマンションに泊まった。徳永と沢渡には、景子が事情を説明したメールを送ってくれた。

翌日は会社を休み、夜勤から帰った徳永を捉《つか》まえ、これまでの出来事をすべて話した。さすがに最初は半信半疑だったが、野々村が出て行った事実の記憶が、なぜか三人にないことを指摘すると、ようやく真由美の話を受け入れた。それから沢渡の会社に向かい、昼休みを利用して彼に同じ話をしたが、一笑に付された。しかし沢渡も野々村の件を理解した途端、態度が変わった。徳永よりもショックを受けたように見えた。

その後、時間を見つけて三人で話し合った結果、十月末までに全員で四つ葉荘を出ることになった。おかしかったのは三人とも、すぐに次の部屋を見つけてきたことだ。

あの家に残る最後の一人にはなりたくない……と、おそらく誰もが考えたからだろう。

ちなみにこの気味の悪い怪異について、特に誰も何の対応もしなかったという。大家にも本当の事情は話さず、ほとんど三人同時に引っ越しをしただけで、あとは放置したらしいのだ。

この家が当時のまま現存するのかどうか、それは僕も知らない。だから仮に本件の問い合わせをされても、何も答えられないことを、念のため明記しておきます。

住んではいけない！

小池壮彦

石を置いてくる

埼玉県越谷市《こしがや》に、廃墟になったマンションがある。そこで事件が起きたのは、いまから十年ほど前だった。当時高校生だったK君とその仲間たちが、肝《きも》だめしをしたときの話である。

K君たちは、野球のボールぐらいの大きさの石をいくつも用意し、肝だめしの参加者に配った。割り当てられた石に、めいめいがマジックで自分の名前を書く。ひとりずつ石を持って廃墟に侵入し、屋上まで行く。確かに行った証拠として、自分の石を置いてくる。そんなルールを決めた。

ある夜中、廃墟の前に十数人が集まった。いざ建物を目の前にしてみると、思ったよりも簡単なゲームではないことがわかった。昼間とは、だいぶ雰囲気が違う。廃墟の中は、真っ暗である。湿っぽい空気もただよう。廊下を歩くだけでも勇気がいる。ましてや屋上まで行くのはつらい。

「やっぱりやめた」

「俺もやめとく」

「思ったより怖いや」

ということで、ひとり減り、ふたり減りして、最後に残ったのは、K君を含む三人だけだった。

「まあいいや。それじゃ俺から行くぜ」

まずK君が侵入した。しばらくして戻った。

次にF君が入り、戻ってきたときに、なぜかニヤニヤしていた。

最後に、Y君も肝だめしを終えて、無事に帰還した。彼もなぜかニヤけていた。

「おまえら、さっきから何笑ってんの？」

憮然《ぶぜん》とするK君に、「おまえの石がなかったからさ」とF君が言った。

「おまえのもな」と、F君も、Y君に言われた。

話をまとめると、F君が二番目に屋上に行ったとき、K君の石はなかったという。そして最後にY君が屋上に行ったときには、K君の石も、F君の石もなかった。

しかし、ふたりは確かに、屋上に石を置いてきたと主張する。なんならもう一度、三人で行ってみようかという話になったとき、廃墟の中から音が聞こえた。カツーン、カツーン、と誰かが歩いてくるような……誰もいないはずなのに。三人はその場から走って逃げた。

家に帰ったK君は、玄関で何かにつまずいた。自分の名前を書いた石だった。ゾッとして、ほかのふたりに電話してみる。廃墟の屋上に置いてきたはずの石が、それぞれの自宅の玄関にも転がっていることがわかった。以後、廃墟に近づくことはタブーとなった。

私はこの話を、K君たちが卒業した高校の先生から聞いた。いまでも当時を知る教師や卒業生の間で語りぐさになっているという。

金縛りの翌朝

フリーターのR子さんから聞いた話。

友達の男の子が、西葛西《かさい》のアパートに住んでいたとき、夜中にものすごい金縛りにあった。大きな男に強い力で腕を押さえられ、まったく動けなかったという。

朝になって動けるようになった彼は、畳《たたみ》に大きな手形がついているのを見つけた。大きさから言って、自分の手形ではありえない。夜中に襲ってきたやつのしわざと思われた。よほど強い力の持ち主だったと見えて、リフォームしたばかりの畳がべっこりへこんでいたという。

ある実験

これもR子から聞いた話。

彼女の専門学校時代の友達に、エリコという人がいた。エリコは強烈な霊媒体質の持ち主で、好むと好まざるとにかかわらず、世間に浮遊する霊を拾《ひろ》ってしまう。これは本人にとって、決してうれしい能力ではなかった。凶悪な霊を拾った日には、身体のコントロールがきかなくなる。

しかし、そんなエリコの特殊な力によって、R子の心が癒《いや》されたということもある。それは、霊能力の存在について半信半疑だったR子が、エリコの力を確信した瞬間でもあった。

「……専門学校時代に、とっても好きだった先生が、亡くなったんです。クモ膜下《まくか》出血だったかな。まだ若かったんだけど、いきなり倒れて、それっきりだった」

あの世から先生を呼ぶ……そんな力も、エリコにはあるのだろうか。

「試してもらったんです。どうするのかっていうと、エリコに先生の霊がのりうつるっていうやり方なんだけど、あたしたちには、先生の姿は見えないし、声も聞こえない」

都内のアパートで、実験はおこなわれた。トランス状態になったエリコに、何かがふんわりと降りた気がした。本当に先生の霊が訪れたのかどうか、見た目にはよくわからない。でもR子は、その後に目撃した不思議な現象により、すぐそばに先生が来ていることを知ったという。

「いま先生、そこにいる……そうエリコが言ったの。ベッドのほうを指さして。そしたら、ベッドがこう、なんていうか、ちょうど誰かが正座しているみたいな形に、へこんでるんです」

姿はなくても、ベッドの上には、確かな存在感があった。なつかしくて、あたたかいムードが、あたりをおおっていたという。やがて先生の霊が去ると、ベッドのへこみも消えていった。少しずつ、押し戻されるように。そのプロセスを見ていたR子は、エリコの力を認めるしかなかったという。

「なんならいっしょに……」

夏目漱石や、小泉八雲《やくも》の墓があることで知られる雑司ヶ谷《ぞうしがや》霊園。スナックに勤務するN子は、その近くのマンションに、友達とふたりで住んでいた。

仲違《なかたが》いなどしたこともなかったが、あるとき友達が「悪いけどさよなら」と言って、荷物をまとめ出した。わけも言わずに出ていったきり、行方がわからなくなった。

ある日、N子の店によく飲みに来る中年男が、「とうとうかみさんと別れたよ」などという話の流れで、雑司ヶ谷あたりにマンションを借りてひとりで住むつもりだ、としゃべりはじめた。

「なんならいっしょに住まない？　友達が出てったのよ」

はずみでそんなことをN子は言い、いま住んでいるマンションの場所を教えた。実はある程度、まじめに誘ったつもりもあったが、男は軽く受け流して笑っていた。そしてこんな話を始めた。

「以前、あのへんの物件を扱う不動産屋に出入りしてたことがあってね。きみが住んでいるマンションのことも知ってるよ。部屋がひとつ埋まらないんで、若い女の子を紹介したことがある。条件がぴったり合って喜んでいたんだが、その子がね、きみとおんなじことを俺に言ったことがある」

なんならいっしょに住まない？　友達が出てったのよ……。

「バカみたい。住めばいいじゃない」

「まあ怒らずに聞いてくれ。その子ね、ひとりでその部屋を借りたんだ。友達が出ていくも何もないんだよ。これからひとりで住みはじめるってときに、なぜかそんなことを言った」

「バカみたい、じゃなくて、バカだったのね」

「かもしれないが、この話には続きがある……」

これはオフレコなんだが、と彼が言うには、マンションが建ってから、最初にその部屋を借りた女の子が、何者かに殺されているのだという。バスタブで血まみれになっていた。そして次に入居したのが、彼の紹介した女の子なのだが、その子は一ヶ月ほど住んだだけで出ていった。

「○○○号室なんだけどね」と男は言う。N子がいま住んでいる部屋である。

オフレコというけれど、過去の殺人については、N子も知っていた。近所の人も話していたことである。しかし、殺されたという女の子が、部屋のどこでどんなふうに死んでいたのかまでは聞いていない。さすがにそれを知るのは怖かった。なのに男の話によって、ときおりバスルームに血糊《ちのり》のようなものが浮く理由がわかってしまった。ひどく気落ちしたという話である。

同じ物件？

雑司ヶ谷のマンションに幽霊が出るという話は、別の人からも聞いたことがある。マンションの名前を聞くことはできなかったが、ある部屋にかぎって、シャワーから勝手に水が出るという。

業者を呼んで調べてもらうと、システムに異常はなかったものの、配水管から髪の毛のたばがごっそり出てきた。ふやけた皮膚のようなものもへばりついていたという。

かつて殺人事件があったという話もあるらしいが、それとの関連は不明である。

明かりを消せない

私の知人のNは、高校を卒業してから家出して、車の中に住んでいた。すでに普通車の免許を持っており、高校時代から中古車を乗りまわしていたが、ついに住まいも兼ねたのである。

　夜は世田谷にある公園の横に駐車して寝る。朝になると窓のすきまに新聞がつっこんである。ボンネットには牛乳が置いてある。新聞屋さんも牛乳屋さんも、彼の住居が公園の横の車ということなので、そこに配達する。一年後に、Nは、ようやく杉並区のA町にアパートを借りた。

　Nは暗闇が苦手であった。寝るときも部屋の明かりを消すことができない。車で生活していたときも、なぜ公園の横に定住したかと言えば、そこに街路灯が集中していたからである。

　ある日、Nはいつものように、部屋の電気をつけたまま外出した。帰りが夜になるときは、いつもそうする。確かそのときは、私とどこかで落ちあって、夜中にふたりで彼のアパートに戻ったのである。そうしたら、部屋の電気が消えていた。

　彼の部屋は二階である。外から見上げると、窓が暗く、電気がついていないことがわかる。誰かが侵入して電気を消したか、蛍光灯が寿命で切れたか、いずれにしても暗い部屋に、Nは入ることができない。そこで私が鍵を受けとって様子を見にいくことにした。アパートの階段を上りかけたとき、ガラガラッ、と窓の開く音が聞こえた。「ウワッ！」というNの悲鳴が響いた。

　階段を下りて事情を聞くと、いま二階の窓が開いて、女が外に身を乗り出したという。髪が地面につくほどに長く、身体がガムみたいに伸びてすぐにひっこんだと。

確かに、二階の窓が開いていた。だがそこに人がいるはずはない。二階にはNしか住んでいない。いるとすれば無断侵入者であるが、とにかく彼の部屋に行ってみた。人がいる気配はない。電気を調べてみると、蛍光灯が切れていることがわかった。それからNは、すぐに引っ越しの準備を始めた。ただでさえ暗闇が怖いのに、ましてや幽霊が出るとあれば、もう住めるはずがなかった。あのアパートがいまもあるのかどうか、確かめていないけれど、そんなこともあったなァ、という思い出話である。

妻の病

都内の新築マンションに住むサラリーマンのG氏の話。

「いまはおさまっていますが、ひところ、家内の症状がひどかったんです。日焼けして、細かい火ぶくれが皮膚にいくつも浮くことがあるでしょう。あれに似ているんですが……」

ベランダに植木を置いて、その世話をするようになってから、奥さんの首筋に炎症《えんしょう》があらわれた。植物によるアレルギー反応かもしれなかったが、もともとそのような体質の人ではない。症状はだんだんひどくなり、ブツブツがつながって蚯蚓《みみず》腫れのようになった。

かゆみもあったが、かきむしりでもして黴菌《ばいきん》が入るのが怖い。いつも苦しそうにもがいている。病院で見てもらうしかないのだが、「何されるかわかったもんじゃないわよ」と医者嫌いの奥さんが言って、しまいには夫婦げんかである。

ある夜、G氏が会社から帰宅すると、サングラスとマスクで顔を隠した奥さんが居間にいた。

「今日、霊能者の先生に見てもらったわ」

力のない声で言う。

「霊能者っておまえ……」

「いいのよ、なんだって」

「なんでもいいことはないだろう」

「あなたに何がわかるっていうの？　つらいのはあたしなのよ」

「だから医者に行けって」

「それしか言わないのね。医者が見ても無駄だって今日の先生が言ったわ。もう手遅れなのよ。こんな顔になってるなんて、あたしがいったい何したっていうの！」

叫んだのち、奥さんの姿は消えた。文字どおり、G氏の目の前で消滅した。

居間で茫然《ぼうぜん》としていると、玄関のドアが開き、奥さんが戻ってきた。さっきの幻影と違い、サングラスもマスクもしていない。今度こそ生身の奥さんに違いなかった。

「今日、霊能者の先生に見てもらったわ」

「霊能者っておまえ……」

「いいのよ。あなたに何がわかるっていうの？」

「だから医者に行けって」

さっきと同じような言い争いをするうちに、G氏は眩暈《めまい》がした。霊能者は、奥さんに悪霊祓《ばら》いの儀式をしたという。しかし具合がよくなる気配はなかったので、しぶしぶ医者に行くことにした。そのときにつきそったG氏は、やけに明瞭な奥さんの幻を見たことを医者に話した。すると、まあいろいろなことがありますから、とだけ医者は言ったという。


「さて、終わったよ」


誰にも打ち明けたことのない話だけど、と主婦のK子が語る。どことは言えないが、彼女が子供のころに住んでいたアパートは、大家さんの住まいの一部であったという。玄関はひとつしかなく、大家さんの夫婦がいる居間を通って、自分の部屋に行く。家族のような間柄だったから、肩身のせまい思いはなかったものの、大家さんにはK子と同い年の娘がひとりいて、その子とは馬が合わなかった。話をすることもなかった。

小学校三年生になったとき、K子は、大家さんの娘さんと同じクラスになった。いっしょの家に住んでいると言っていいふたりであったが、仲良くなれず、帰るときも別々だった。

ある日、地区別の班行動をする日というのがあって、K子は、大家さんの娘と一日を過ごすことになった。しかし、あいかわらずお互い何もしゃべらず、目さえ合わせない。早く今日が終わればいいとK子が思っていると、担任の若い女の先生がやってきた。

「キリちゃんと話さないのね。前から思ってたんだけど、どうしてかしら？」

黙りこくるK子に、先生はやさしい笑顔で言う。

「居候《いそうろう》さんしてるなんてこと、Kちゃんが気にすることないのよ。キリちゃんのおうちは広いんだから、人におうちを貸すのなんて、なんでもないのよ。引け目なんて感じてたらおかしいわ」

引け目という言葉の意味が、K子にはよくわからなかった。でも、先生がなんだか的《まと》外《はず》れなことを言っているように感じて、いやな気持ちがした。きれいでしっかりした先生なので好きだったけど、若い女の担任なんてだめだとおばあちゃんが言っていたのを思い出した。

キリちゃんは、ひょろりと痩《や》せた、目の大きな子であった。にらまれると怖かった。生まれつき両手が不自由で、いつも手を胸の前にぶらんと下げている。幼いころ、胸に小さな手の生えた幽霊に追いかけられる夢を見て、K子はよく泣いた。夜中に飛び起きるのは、しょっちゅうだった。

いままでいっしょに行動したことなどなかったが、キリちゃんとは、もちろん同じ通学路である。その日K子は、最後の班行動ということで、家までふたりで帰ることになった。会話もないまま、とぼとぼ歩く。キリちゃんはK子のうしろから、ふわふわとついてくる。

煙草屋さんの角を曲がって、まっすぐ行けば家につくというとき、前から自動車が来た。よけようとしたら、うしろからドンと押された。つんのめるK子の横を、車がすりぬける。激しくクラクションを鳴らして走り去った。ケガはなかったが、もう少しでぶつかるところだった。スキップしながらひとあし先に家に入っていくキリちゃんの姿を、K子はじっと見つめた。

それからもK子は、キリちゃんと口をきくことはなかった。車に轢《ひ》かれそうになったことは、親に言わなかった。でもおばあちゃんは、何か知っているようだった。

ときおりK子の耳もとで、こんなことをささやいた。

「あたしが生きてるうちに、いいようにできればねえ……」

翌年の冬になった。ある日、K子が学校から帰ると、家の中が、がらんとしていた。両親はおらず、大家さんの夫婦もいなかった。おばあちゃんだけが炬燵《こたつ》に入って、テレビを見ている。

「あらお帰り。キリちゃんがねえ、大変なのよ」

もらい物の煎餅《せんべい》を、お茶にひたしてはしゃぶりつつ、おばあちゃんが言った。

「誰もいないから、K子もここに来て、なんでもあるものお食べ」

キリちゃんは、K子より早く学校から帰り、近所の路地で遊んでいたという。そこには修理中の石垣があり、かねてから危ないと言われていた。なぜかキリちゃんは、ちょうどその真下で、ひとりでままごとのようなことをしていたという。ふいに崩れた大石に押しつぶされた。

大家さんもK子の両親も、あわてて病院に駆《か》けつけた。しばらくは帰ってこないだろう、とおばあちゃんは言った。K子は炬燵にもぐり、煎餅をくわえた。雪でも降りそうな寒い日の夕方だった。

おばあちゃんが、サツマイモを蒸《ふ》かしてくれた。K子がそれを食べているころ、今夜は帰れないから、と母親から電話があった。台所で洗いものをしていたおばあちゃんが居間に戻って、塩をひとつまみ、イモにふりかけた。それをかじりながら、K子はテレビを見ていた。

気がつくと、夜の十一時をまわっていた。いつもなら起きている時間ではなかったけれど、あいかわらずK子は炬燵の中にいた。母親ならとっくにテレビを消して、さっさと寝なさいと怒鳴っている。そんな時間は、もうとっくに過ぎていたけど、おばあちゃんは何も言わなかった。

深夜零時すぎに、キリちゃんが亡くなったという知らせがあった。電話を受けたおばあちゃんは、K子に顔を向けて薄く笑い、「さて、終わったよ」とつぶやいた。

「ゆっくりお休み。おばあちゃんも寝るとするよ」

いっしょに寝たいとK子は思ったが、なんとなく言い出せなかった。

翌日、おばあちゃんは、ふとんの中で冷たくなっていた。死に顔は安らかだった。

「よりによってこんなときに……」と大家さんはため息をついた。

続けて死人が出たことを気にして、大家さんは、家を建てかえると言い出した。キリちゃんが危ない石垣の下でひとりで遊んでいたはずがない、と、そんなこともわめいていた。

石垣の下が危険だということは、親も先生も常に言っていた。だから近所の子供は、決して近寄らない。なのになぜキリちゃんがそこにいたのか、K子も不思議に思った。

家の建てかえに、K子の両親は反対した。しかし、娘を失った大家さんは、もういままでのような穏《おだ》やかな人ではなくなっていた。おまえたちが災《わざわ》いのもとだと怒鳴り、強引に建物の解体を決めた。K子の両親は、大家さんの夫婦とののしり合ったのち、別の地域に引っ越した。

それから三十年がたった。大人になったK子は、いまでもキリちゃんが死んだ日のことを思い出す。あのときのおばあちゃんのつぶやきが、耳について離れないという。

岐阜の幽霊住宅騒動

岐阜県の中南部に位置するT町は、田園風景の広がる、のどかな町である。

この地に三十戸ほど並んでいた平屋の町営住宅が、老朽化にともなって壊された。隣接する敷地に新しい住宅を建設していたのが、平成十年のことである。

その年の十二月、建物の外観をほぼ完成させた工事現場で、水道管の施設工事を続ける作業員がいた。夜の七時半ごろ、彼は、誰もいないはずの廊下を通りすぎる白い人影を見た。完成のあかつきに、四〇四号室になるあたりの玄関前を、影がうろついている。工事現場に部外者は入れない。いったい誰だろうと思い、声をかけようとすると、人影は消えた。そんなバカなと息を呑《の》み、階段を駆《か》けおりたが、人がいる気配はどこにもなかった。

翌年の三月、新しい住宅は完成した。鉄筋コンクリート製の四階建てで、しゃれたベージュ色の外観がまぶしかった。間取りは2DKと3DKの2タイプに分かれていた。

高倍率の抽選を経て、入居が決まった家族たちが、四月から引っ越しを始めた。高齢者が一階に入居して、上の階にいくほど、年齢の若い世帯が住んだ。全戸の引っ越しが無事にすみ、ひと息ついたころ、どこからともなく、妙な音が響いた。鐘を鳴らすような音や、地響きのような音。ビシッ、バシッ、という、何かが折れるような音も聞こえて、住人たちは首をかしげた。

夏になると、部屋の壁が剝《は》がれたり、風呂場の水回りが悪いなどという苦情が出はじめた。風呂場の水が漏れて、壁に染みこむ被害も出た。妙な音の問題もあり、欠陥住宅ではないかという疑いが生じた。住人たちは、革新系の町会議員を通して、管理者である役場に事情を訴えた。

役場が修繕に乗り出したのは、それから半年もたってからだった。平成十二年三月のことである。被害の目立つ部分を修理したものの、ほかの苦情に関しては聞き流された。入居条件などをめぐっても、役場とは何かとおりあいが悪かったのに加えて、今度のような事態になった。住人は、役場への不信感を強めた。そうこうするうちにも、建物に響く怪音は、ひどくなる一方である。しかも、ヴァリエーションを増やしている。誰かが天井を走るような音、ノコギリで何かを切るような音、ガラス瓶《びん》を転がすような音も聞こえた。

ひと月後のことである。自治会長のT氏が一階の部屋にいたとき、シャッ、シャッ、と音がして、カーテンが小刻みに動いた。見るとひとりでに少しずつ、カーテンが開いていく。そこには誰もいない。ただごとではないと思ったが、このことは口外しなかった。

七月になり、四〇四号室に住む主婦のMさんは、団地の前の駐輪場に知らない女の人がいるのを見た。時刻は午後十時ごろであった。女の年齢は三十代ぐらいであろうか、タオルをかぶって、うずくまっている。その場を通りすぎ、ふりかえると、女性は駐輪場付近を素足で走っていた。

「あの人、どうしたのかしら……」

いっしょにいた夫に、女性の様子を告げる。すると、「誰もいないよ」という返事である。そんなはずはないと思って、またふりむいたときには、女性はいなかった。

四〇三号室に住む男性は、玄関の前に座る謎の人影を見た。この話が広まったのをきっかけに、実はうちも変なものを見た、私も女の人が消えるのを見た、などと名乗り出る住人が続出した。

団地に幽霊が出る――。

噂はついに表面化した。ひっきりなしに響く怪音のせいで、大勢の住人が体調を崩していることもわかった。全二十四世帯中、十世帯以上が、怪現象に悩まされていることが明るみに出た。

八月になって、事態は急展開した。お盆のころ、四〇四号室の主婦、Mさんは、食器棚《だな》の中から皿がフリスビーのように飛び出すのを見た。二メートルほども飛んで落下し、茶碗《ちゃわん》は割れた。その割れ方は、一部分だけが正方形に欠けるという奇妙なものだった。

実は、七月にもMさんは、怪現象に遭遇している。流し台の上にある二キロ近い重さの味噌樽が、突然、横滑《よこすべ》りに動くのを見た。その後にも、壁の画鋲《がびょう》がいきなり飛んだり、シャワーから勝手に水が出たり、誰もいないはずのトイレの鍵が内側からかかっていることもあった。

夜中にベランダを行ったり来たりする白い影。勝手に変わるテレビのチャンネル。ペタペタとベランダをよじのぼってくるような音……。二歳になる長男も、誰もいない台所の食器棚を指さして、「コワイ、コワイ」とつぶやく始末であった。

同じ時期に、隣の四〇五号室に住む男性、Yさんも、恐怖体験をした。

深夜二時ごろ、ゴォーッという音で目覚めたYさんは、なぜかドライヤーのスイッチが入っていて、温風が出ているのを見た。しかし、コンセントは外れていた。その後、小学校に通うYさんの娘さんも、一階の階段で友達と話しているとき、右肩を誰かにさわられた。そこには誰もいない。

四〇三号室に住む主婦、Bさんも、一歳半になる次男の様子が気になっていた。まだ幼児なので、うまく話ができないが、いつも玄関のチャイムが鳴ると、「ママ、ママ」と言って来客を知らせる。だが、チャイムも鳴っていないのに、母親を呼んでは、玄関を指さすようになった。

Bさんのお宅では、深夜になると、スリッパで人が走るような音が聞こえた。昼間も玄関の鍵が、ガチャガチャ音をたてる。誰かがドアを開けようとしているようにしか思えなかったが、外に人はいない。掃除をしていて、ふと気づくと、下駄箱の扉が開いている。子供は別の部屋にいるから、いたずらではない。とりあえず扉を閉めて、少したってからまた戻ってみると、さっきと同じように開いている。しかたなくテープを貼《は》って、開かないようにした。

夕方、Bさんが買い物から戻り、団地の外から自分の部屋のほうを見ると、柄物《がらもの》のシャツを着た髪の長い女性が、四階の踊り場に座っていた。年のころは三十代半ばかと思ううちに、女は消えた。三歳の長男も、「おばちゃんがいる」と言い出すことがあった。「どこにいるの？」と聞くと、黙って玄関を指さす。しかし誰もいないのである。

このような事態を受けて、住宅の管理者である町役場も、素知らぬ顔を続けるわけにはいかなくなった。八月二十八日に、建築メーカーの関係者を含む六人で、団地の調査に乗り出した。

このとき、パシッという音を、役場の建築課長も聞いたという。原因は、コンクリートの壁と内装材の膨張率の違いによるものと判断された。九月二十六日にも、再び建築課長が団地におもむいたが、怪現象は起きなかった。構造上の欠陥は見つからないということで調査は終了した。

九月三十日に、住民たちが祈禱師《きとうし》を呼び、御祓《おはら》いの儀式をおこなった。

祈禱師によれば、およそ三十年前に自殺した女性の霊が、さまよっているという。そのころこの地は桑畑で、隣接する土地に平屋建ての旧町営住宅が並んでいた。調べてみると、そこに住んでいた三十代の女性が、二十七年前に首吊り自殺していた。その現場は、いま駐輪場になっている。素足で走りまわる謎の女の人を、Mさんが見た場所だった。

祈禱の日の夜、四〇三号室の主婦、Bさんは、部屋の中にたたずむ女性の姿を目撃した。向こうもこちらを見ていた。恐ろしくて声も出せずにいると、三十秒ほどで女は消えた。Bさんの長男も、いつも見知らぬ「おばちゃん」の話をする。その人なのかもしれなかったが、以後、なぜか長男は「おばちゃん」を見なくなった。そのかわり、「おじちゃん」が来ていると言うようになった。

いっしょにテレビを見ていると、

「あっ、おじちゃんが天井から顔だけ出してる」

風呂に入ったときには、長男がシャンプーを手にとって、妙な姿勢で泡だてている。何をしているの？ と聞くと、

「おじちゃんの頭を洗ってあげてるの」

ふたりで遊んでいる子供たちが、お菓子をわざわざ三つに分けて、

「これがおじちゃんの分ね」

玄関でひとりで楽しそうに笑っているかと思えば、「おじちゃん、バイバイ」とドアに向かって手をふる。「おじちゃんが怖い。怒っているからトイレに入れない」と泣いていることもあった。

十月十三日に、一連の騒動を『中日新聞』が報じた。

《幽霊？ 住民避難騒ぎ／食器飛ぶように落ちシャワー勝手に》

翌日には『東京新聞』も報じ、インターネットを通じて、事態は全国に知られた。

二度目の御祓いがおこなわれたのは、十月十五日だった。儀式のための費用を、住民が役場に請求したが、政教分離を理由に、役場はこれを拒否した。その夜、三階の住人が四〇五号室のYさん宅を訪れたとき、ベランダの外に男の首が浮いていた。落武者のようなザンバラ髪で、初老の男のように見えた。カメラを向けたが、シャッターがおりなかった。

翌日、テレビ朝日系『ニュースステーション』が騒ぎを報道した。週刊誌も動き出した。この日から団地に響く怪音は、なぜか四〇五号室で集中的に起こるようになった。ト、ト、ト、ト……という音が、天井のすみから玄関に駆《か》けぬける。子供が走っているような音に聞こえる。水道管の内部で水圧が変化するときの音に似ていたが、幽霊の足音だと思うと恐ろしくなる。

十月十九日になると、朝から入れかわり立ちかわりテレビクルーが訪れた。週刊誌の取材ラッシュもあって、現場の喧騒はピークを迎えた。おまけに『ニュースステーション』が、再び騒ぎを報道した。これまでの経緯と怪音の検証などを、現場からの生中継を含めて伝えた。

報道の加熱とともに、怪現象のほうは、沈静化に向かっていた。一時は全二十四世帯のうち、十世帯が団地から避難したとも言われたが、十九日の段階でまだ避難しているのは、三世帯にすぎなかった。同じ団地に住みながら、騒動に無関心な家族も十世帯あった。

テレビのニュースでは、例の不思議な形に割れた茶碗、すなわち一部だけが正方形に欠けるという現象について分析がなされた。どういう条件が重なれば、そのように割れるのかという学者の説明を紹介したのだが、そのような条件が重なる確率の低さについては、特に触れられなかった。茶碗が二メートルも飛んだ原因は謎とされた。

怪音については、建物が「PC工法」（コンクリートの板を現場で組みたてる建築工法）によって造られているため、板と板がぶつかる音が出やすいのだろうと分析された。そして、総じて怪音とされるものは、水道管などから発する生活音の範囲を出ないという学者の見解も紹介された。

しかし、それに対して自治会長は、「納得できません」とテレビで答えた。もし生活音なら、全戸に普遍的に音が響くはずだが、実際にはある部屋で集中的に怪音が聞かれる。しかも科学者の答えは、役場の職員が言っていることと、さして違わないものだった。説明が正しいかどうかということと、説得力を持つかどうかということは、違うのである。

十月二十日に、『日刊スポーツ』が騒ぎを報じた。

《幽霊騒動／おはらいも効き目なし／岐阜の町営住宅で怪奇現象　避難家族が続出》

この日、町議会で幽霊騒ぎへの対処が協議されたが、非科学的な現象には対応しようがないというのが結論だった。現場には、全国から祈禱師や霊媒師が訪れた。野次馬も平日で二十人から三十人、土日は百人、多いときは五百人がやってきたという。マスメディアを通じて幽霊騒動が盛りあがったときの、歴代の見物人の数と比べると、これは少ないほうである。だが、ドアを蹴《け》ったり、チャイムを鳴らして逃げたり、駐車場をよごしたりする者もいて問題になった。

十一月になると、テレビ局の取材班が、特別番組をつくるために現地で調査をおこなった。そのうちのひとつが、十二月五日にフジテレビ系『火曜ワイドスペシャル』で放映された。

この番組では、四〇五号室にしかけたマイクが、いるはずのない赤ん坊の泣き声のようなものを拾《ひろ》ったというのが目玉であった。また、住宅の建つ場所は古戦場であり、地元の豪族の幼い娘が惨殺されたという伝説があることから、姫君の怨念説も唱《とな》えられた。一方、心理学者が住人に聞き取り調査をおこなった結果として、集団ヒステリーという要因もあることを踏まえつつ、少なくとも幽霊の目撃談などが作り話ではなく、心理的事実ではあるということがわかったという。

全国各地から訪れた霊能者による〝除霊合戦〟も熱を帯びた。頼まれもしないのに御祓いをおこなって、法外な料金を請求する詐欺師《さぎし》もいた。ありもしない妄想を霊視結果だと主張する人々も押し寄せて、住民は困っているという話が伝えられた。ある霊能者の助言にしたがい、自治会が十万円の費用をかけて、住宅の敷地内に慰霊碑を建立したというニュースも伝わった。

十一月二十八日から三十日にかけて、熊本から訪れた真言宗の女性僧が、十五人の僧侶を連れて、一件ずつ除霊をおこなった。女性僧によれば、四百年前に処刑された者たちの祟りなのだという。その中には、ポルトガル人宣教師の霊もいる、ということだった。御託宣《ごたくせん》の真偽はともかく、このときの除霊によって、怪奇現象は終息したとも言われている。

その後、敷地内に建てた慰霊碑に関して、役場からクレームがついた。公営住宅の敷地に宗教的な物件はまずいということや、あとから入居する人に妙な印象を与えるなどというのが役場の言い分だった。しかし、もともと役場に不信感を持つ住人たちは、これに応じなかった。

ただ、除霊に成功した熊本の僧に、自治会長が相談したところ、慰霊碑を建てると霊が居座ってしまうから壊したほうがいいという見解だった。そこで慰霊碑は、クリスマスの日に撤去された。自治会長と住民の男性が、ハンマーで壊したのだが、翌日にふたりは体調を崩したという。

十一月にテレビ局の取材班が製作した番組のもうひとつが、十二月三十日に放映された。テレビ朝日系『カメラは撮った！　信じられない怪事件』という特別番組である。

この出し物の目玉は、食器棚から皿が飛んだという四〇四号室に仕掛けた紫外線カメラに、謎の白い光が写ったというものだった。熊本の僧も番組に出演し、カメラに写った光がサムライの姿に見えると証言した。さらに、深夜の調査中にスタッフのひとりが、幽霊らしきものを見たという一幕も放映された。駐車場に止まる車に、いるはずのない女が乗っているのを見たという。その車のあたりを飛ぶ火の玉のようなものも、カメラがとらえたというおまけもついて、騒ぎを盛りあげた。

かくして二十世紀最後の大規模な幽霊事件は、いくつかの謎を残しながら年を越した。住民が最も気にしていた怪音はおさまったということで、いちおうの解決を見たとも言える。

しかし、怪音の正体が建物の構造上の問題に由来するなら、気温が高くなる季節に、音はまた激しくなるだろうという見方もある。したがってこの物語は、まだ続く可能性もあるのだが、さしあたりメディアが断片的に伝えた話をひとまとめにしてみると、以上のような流れになる。

ドール・ハウス

S香は小学校四年生のとき、近所の友達の家によく遊びにいった。その子はカスミといって、言葉が不自由な子供であった。でもカスミは、S香にはない、ある能力を備えていた。

学校から帰ると、S香はランドセルを放り投げ、カスミの家に出かける。呼び鈴を押すと、ドアがひとりでに開き、玄関の奥におかあさんがいる。正座して床に両手をつき、微笑んでいる。

何も言わず、なぜか動くこともないおかあさんの横を、S香は黙って通りすぎる。廊下の向こうの階段を駆《か》けあがり、二階の部屋のドアを開けると、カスミがいる。

「今日はいよいよあの日です」

ふかふかの白い絨毯《じゅうたん》に埋もれるように正座するカスミに、S香が声をかける。カスミは折り紙で人の形をつくっては、絨毯の上に並べる。カスミが手のひらをかざすと、紙人形はひらひらゆれて膝《ひざ》を折る。別の人形と向かい合う。折り紙で折っただけの人形なのに、器用な動きをする。

カスミがS香に、折り紙を差し出す。いつもと違う折り方を、教えてくれるつもりらしい。見よう見まねで、S香は人形の折り方を覚える。仕上げたものを絨毯の上に置き、カスミと同じように手をかざす。が、人形は動かない。どうしてもその魔法は、カスミにしかかけられなかった。

「今日は、こないだ折った人たちを、とうとう起こす日です」

テーブルの上にある小物入れを、S香が運ぶ。ふたを開けると、中に紙人形が寝かされている。すっかり人間のような姿になって、もはや紙でできているとは思えない。そのうちの、ひとりの女の人形を、S香が手にとってカスミに渡す。カスミは、あらかじめ折って保存してある紙のドレスを人形に着せ、そっとキスする。女の人形の目が、ぱっちり開いた。

「男の人も、起こしましょう。カスミちゃん、お願いします」

小物入れから取り出した人形を、S香がカスミに手渡す。それにも服を着せ、同じしぐさののち、カスミは男の人形を絨毯の上に立たせた。人形はひとりでに動き出す。

男の人形にはセキという名を与えた。女の人形にはチタという名をつけた。セキはチタの肩に手をかけて、何か語りかけているように見える。チタは顔をそむけて、じっとしている。

「チタさんは、セキくんが嫌いなようです」

寝そべって頬杖《ほおづえ》をつきながら、人形たちの様子を観察し、S香が実況中継風に告げる。

「でもチタさんは、セキくんを頼りにするしかありません。いったいふたりの運命は、どうなるのでしょう。……チタは動きません。まだチタさんは動かない模様です。セキくんも男らしくないぞ。何やってんだ君は。これはいけません。S香もいらいらしてきました……」

もう我慢《がまん》できません！　と叫んで、S香は、ふたりに息を吹きかけた。突然の風に、チタはおびえたような顔を見せ、セキに抱きついた。風で乱れた髪形を直してから、セキはチタを抱きしめた。

「きっかけをつくってみました。あとはふたりの反応を、じっくり見ることにしましょう。ところで、今日の解説はいつものように、カスミちゃんです。カスミちゃん、よろしくお願いします。どうでしょう、いまあたしがふたりの愛をはぐくむきっかけをつくってみたわけですが」

カスミがうなずくのを見て、S香は抱きあっている小さな男女を指でつまみ、小物入れに戻した。ふたを閉めると、カタカタ音がして、箱がゆれはじめた。その音を聞いたカスミは、眠そうに目をこすり、わざとらしいあくびを二回繰り返した。もう寝るという合図だった。

「この次は、セキくんとチタさんの、おうちをこしらえましょう」

S香の言葉に、カスミが微笑む。

「おやすみなさいカスミちゃん、また来るね」

翌日から、カスミとS香は、セキとチタが暮らすための家を紙でつくった。家具もそろえて、洋服もいろいろな種類をこしらえた。ぜんぶ市販《しはん》の折り紙でつくった。チタのお腹がふくらんでいる。子供ができたようだった。どのくらいの期間で産まれるのだろうと思っていると、チタは歩きながら素知らぬ顔で、赤ちゃんを産み落とした。

「なんということでしょう！」

赤ちゃんを指で突っつきながら、S香は叫んだ。

「まったく意外なことです。チタさんは表情ひとつ変えずに、赤ちゃんを産んだのでした。まるで人間わざとは思えません。でも、もともと人間ではないので、人間わざでなくてもいいのです」

　赤ん坊は女の子だった。カスミが赤ちゃん用の着物とベッドをつくった。この子の名前は、ミレと決めた。母親になったチタは、娘の面倒を見ることもなく、いつもうたた寝している。そうかと思うと、鼻歌を歌いながら、うろうろしている。紙の人形だから、食事をすることはない。

「ならばなぜ！　ならばなぜなの！」

　いつものように、人形の家族生活の模様を観察しながら、S香が実況を始めた。

「人形が食べ物を食べないのはわかります。ならばなぜ！　ならばなぜなの！　なぜ人形なのに、子供を産むのでしょう！　その答えは簡単です。すべてカスミちゃんがつくっているからです。赤ちゃんもカスミちゃんが、紙でこしらえたのです。別に人形が子供を産んだわけではありません。そう考えなければ、この現象は永遠に説明できないでしょう。カスミちゃんは、細かいものをつくるのがうまいのです。さてそのカスミちゃんに、今日も解説をお願いしています……」

　セキとチタは、ときおりとっくみあいのけんかをする。そのたびに家具が倒れて、部屋が散らかる。そこで、楊枝《ようじ》でつくった箒《ほうき》をカスミが部屋に置いたところ、その日からチタは、せっせと掃除をするようになった。夫のセキは、いつもベッドの中で、娘のミレといっしょに寝ていた。

　数ヶ月がたったある日、いつものように学校から帰ったS香が、ランドセルを放り出して、カスミの家に行こうとした。そのとき、「ちょっとS香」と母親に呼びとめられた。

「なァに？」

「あんた、四年生なんだから、そろそろ進学教室に通ってみない？」

「いやだ。遊べなくなるもの」

「そんなふうだと、いい中学校に入れないわよ」

「そんなのまだ先のことだもん」

「またカスミちゃんの家に行くの？　おかあさんはもう、うんざりだわ。いつまでもそんな子と遊んでばかりいたら、最後につまらない思いをするのはあんたなのよ」

「つまらなくないもん。あたし受験なんかしないもん」

「そうはいかないの。カスミちゃんにふりまわされてたらだめなの。S香にはS香の人生があるんだから、友達のことばっかり心配してたって損するのはあんたなのよ。おかあさんだって、三年生のころから進学教室に通って、〇〇学院に入ったの。おかげで大学まで楽して行けたんだから」

「〇〇学院なんてバカだって先生が言ったわ」

「S香！　ウソなんかつくんじゃありません！」

「ウソじゃないもん。〇〇学院なんてバカだもん。犬でも猫でも入れるもん」

「S香！　今日はカスミちゃんち行っちゃいけません！」

「いやだもん。もうお靴はいてるもん」

「早くお靴脱ぎなさい！」

と母親が怒鳴ったときには、もうS香は、ドアを開けて外に飛び出していた。

カスミの家につき、呼び鈴を鳴らす。ドアが開いて、奥におかあさんがいる。床に正座して両手をつくおかあさんは、いつも動かない。微笑んでいるだけである。その横を通りすぎ、階段を駆けあがり、ドアを開ける。カスミがいる。

「セキくんたちは、お元気ですか？」

絨毯の中に埋もれるように正座しているカスミの横に、S香も腰をおろす。

カスミは首をかしげて、哀しい顔をする。

(泣いたの？)

そんな声が聞こえた気がした。最近S香は、カスミの心の声を感じとれる。

「泣いたりしないわ。そんなことより、セキくんのお宅は、いかがですか？」

カスミがうつむく。胸騒ぎがしたS香は、テーブルの上に建つセキ家の内部を覗《のぞ》きこんだ。セキはベッドで寝ている。チタは部屋の掃除をしている。娘のミレは、その横でぐったりしていた。

「赤ちゃんの様子が……」

楊枝で突っついたが、動く気配はない。

「チタさん！　そこは掃《は》いてはだめ！　赤ちゃんがいます！」

チタの持つ箒が、倒れている赤ん坊に当たった。そのまま掃いている。

「セキくん！　ゴロゴロしてる場合じゃないわ！　なんか言ってください！」

その声が聞こえたのかどうかわからないが、セキはベッドからおりた。自分の娘をひょいと抱きあげ、窓の外に放り投げた。赤ん坊は薄く目を開けたまま、手足を広げて倒れた。

「ミレちゃんは、亡くなりました……」

涙をぽろぽろこぼしながら、S香は、セキ家の様子を実況した。

「いまミレちゃんの身体は、もとの紙に戻ろうとしています。なのにセキくんは、目もくれません。チタさんはどうでしょう。あいかわらずお掃除を続けています……」

カスミが赤ん坊をつまんで、お皿に乗せた。死体はすでに、半分ほど紙に戻っていた。

「……もとはといえば、セキくんは紙です。チタさんも紙でした。ふたりは小さな人間になり、愛しあい、子供ができました。そのミレが亡くなったのです。でもセキくんも、チタさんも、哀しむことはありません。なぜでしょう？　それは彼らが紙だからです。紙に心はないのです」

カスミがライターを手にとった。ほとんど紙に戻っているミレの死体に火をつける。

S香は、わっと泣いてから、しぼりだすような声で、さらに実況を続けた。

「……いま、カスミちゃんが、ミレちゃんを火葬にします。ミレが燃える。燃えています。……思えばミレちゃんは、未来を期待されながら、元気に生まれた女の子でした。あたしたちは、この子が画家のミレーのように偉くなることを願って、ミレと名づけました。セキくんというのは、あたしの好きな男の子の名前です。チタさんというのは、おかあさんの好きなチーターという歌手の名前からつけたのでした。……いま、ミレは真っ黒に焼けています。もう灰になるのでしょうか。火が高く上がりました。もうミレの姿はありません。さようなら、ミレ、さようなら……」

紙でつくられたセキ家の壁に火が燃え移った。掃除を続けるチタの髪の毛にも飛び火した。上半身を炎が包み、チタは箒をぽとりと落とした。セキのパジャマにも火が移った。

「……さよならセキくん！　さよならチタさん！　もう手のほどこしようがありません！　ふたりを助けるのは無理です！　ちょっとこれは予想外に、火の勢いが強いです！」

セキ家を全焼させた火が、カスミの部屋のカーテンに燃え移った。あっというまに垂直に立ちのぼった炎は、天井に達して燃え広がる。壁にかかるカスミの服も次々と炎に包まれた。

「大変です！　とりかえしのつかないことになっています！　このままでは、あたしたちも火にまかれてしまいます！　あぶない！　カスミ早く！」

S香はカスミの手を引いて、燃える部屋から脱出した。階段を駆けおりると、カスミのおかあさんが正座して床に両手をつき、微笑んでいる。

「おばさん！　火事！」

S香は、ひとりで外に飛び出した。カスミもおかあさんも、逃げてこない。最後に家の中を覗いたとき、ふたりは火の中にいた。泣きじゃくるS香を、近所の人が抱きかかえた。それからどうやって家に戻ったのか、覚えていない。あとから警察の人が来て、事情を聞かれたことは記憶にある。

「あの家は昔から空き家なんだよ」と警察の人は言った。

火元は二階の部屋で、死んだのはふたり。以前から空き家に潜《もぐ》りこんで生活していたホームレスの男たちが、寝ているうちに煙にまかれたらしいという。出火原因は煙草の火の不始末ということで、S香には信じられないことだったが、それが事実だと聞かされた。

「いまでも不思議に思うわ」

話を終えて、S香は言う。いまは水商売のお姉さんである。

「カスミもおばさんも、もう火の海の中にいて、助けられなかった。記憶では、確かにそうだったはずなのに、死んだのはぜんぜん関係ない、別のおっちゃんたちだった。カスミなんて子、はじめからいなかったのよ。あたしったら、架空の子供と遊んでたんだって。そういう時期が子供のころにはあるって聞いたわ。いまでも信じられないけどさ……」

はなびえ

中島らも

「着いたよ」

泉は、大橋を渡り切ってすぐのところでポルシェを停めた。

「このマンション？」

梨恵子は車窓越しにその建物を眺め上げた。

「ずいぶん古いんじゃない、ここって」

都内のマンションとしては、けっこう大きい部類にはいるのだろう。七、八階建てくらいで高さはそこそこだが、横幅が長い。干し物をひっかけたヴェランダが延々と並んでいる。ただ、そのヴェランダの金属は、ところどころ塗料がはげ落ちて錆《さび》をのぞかせていた。建物の壁も、昔は純白であったようだが、今は薄い灰色にくすんでいる。全体には何の装飾もほどこされておらず、病棟のような陰鬱《いんうつ》さが感じられた。

泉は、さも心外だというようにゼスチャーつきで説明を始めた。

「古い？　これでも築十年そこそこなんだ。この一帯は古い埋め立て地で、言わば出島になってる。海からの潮っ気が強いから、金属類の傷《いた》みが早いんだ。だから見てくれは古びて見える」

「ここ、島なの？」

「そう。さっき渡った大橋一本でつながってる。おかしなもので、あの橋を渡るのと渡らないのとで、物件の値段が三割くらい違ってくるんだ。駅からこんなに近いのにね。この物件だって引く手あまたで順番待ちの状態になってる。不動産屋の俺だから押さえられたようなもんだ。まあ、中を見てみろよ」

恩着せがましい泉のおしゃべりを背中で受けて、梨恵子は車を降りた。

「ほんとだ。潮の香りがする」

車を降りるか降りないかのうちに、梨恵子の鼻は海の匂いを嗅《か》ぎ当てた。

「それも汽水の匂いね。淡水と海水の混じり合った、河口の匂いだわ」

「あいかわらず匂いにうるさいんだな」

「それが仕事ですからね。でも私、この香りは嫌いじゃないわよ」

梨恵子は調香師を仕事にして、もう十年ほどになる。香水や洗剤、整髪料や食物、その他のものの香りをブレンドし、デザインするのだ。

梨恵子は小さい頃から強度の近視だった。目が弱いために、そのかわりとして聴覚と嗅覚が異常に発達したのだろう。人が気づかないような小さな音でも聞き取ることができたし、匂いにはもっと敏感だった。

大学では香料の研究をし、嗅ぎ分けのトレーニングを積んで、プロの検定を受けた。

今年で三十四になるがいまだに独身なのは、この特殊な仕事の面白さに夢中になり過ぎたせいでもある。もっとも、七年ほど前に結婚を考えたことはあった。相手は今目の前にいる泉だった。泉は都内の不動産会社の二代目で、頭の切れる、遊び上手な男だった。ある種の毒気を含んだ知性の持ち主で、その得体の知れないところに梨恵子をひきつける何かがあった。

結婚までいかなかったのは、梨恵子の「鼻」のせいである。

ある日、ベッドをともにしていた泉の体に、かすかではあるが別の女の匂いがした。輸入ものの香水と口紅、それにその女自身の体臭の混ざった特殊な香り。その匂いの持ち主を梨恵子は知っていた。一人一人の人間にはその人だけが持つ独特な香りがある。梨恵子にとって、匂いは相手の顔よりも指紋よりも、くっきりとした個人の目印になるのだった。

泉の体に感じた別の女の匂いは、梨恵子と泉に共通の親友である、伴井《なからい》美智子のものだった。

泉はさまざまに弁解をしたが、梨恵子は耳を貸さず、結果的にはこっぴどいやり方で泉を振ることになった。伴井美智子とは絶交になった。彼女にとっては、幾万の言葉よりも、匂いの方が真実を語ってくれるという確信があった。

今回、急な転居で泉に不動産のあっせんを依頼したのだが、梨恵子は泉に未練がましい想いを残しているわけではない。言わば、会っても日常的な会話が交わせるほどに、二人の間は冷めて他人めいたものに落ち着いた、ということだ。

梨恵子は、自分の特殊な嗅覚のせいでひとつの恋愛を失ってしまったわけだが、そのことで別に後悔はしていない。無知の上に築かれた幸福よりも、むしろ無慚《むざん》な真実の方を梨恵子は選ぶ。

ただ、ときには自分のこの能力がうとましく思えることもないではなかった。たとえば電車に乗っていても、彼女にはまわりの人間のプライバシーが匂いを通して読めてしまうのだ。前にいる男が、昨夜中国料理を食べ、ウィスキーとビールを大量に飲み、その後誰かとセックスをしたこと。今朝はそのせいで寝坊をして、歯も磨かずに駅まで走ってきたこと。すべてが匂いでわかってしまう。

相手の健康状態もわかる。胃の病気、肺の病気、糖尿、皮膚病。病気にはそれぞれ特有の匂いがあるからだ。運の悪いときには、相手から進行したガンの屍臭《しゅう》を嗅いでしまうことすらある。そういう日には一日中気が重い。鼻に詰めものをして歩こうかと真剣に考えたこともあるほどだった。

「一階は店舗になってる」

泉はマンションの入り口で立ち止まって、並んでいる店をさし示した。

「美容サロンとブティックと薬局だ。女の人が住むには便利がいいだろう。それにあの端っこの店は九州ラーメンの店だ。あんまりうまくはないけどね、夜中の三時までやってるから、腹の減ったときにはけっこう重宝だ」

　梨恵子は眉をしかめた。

「あなたって物忘れが早いのね。私がベジタリアンだってこと、もう忘れたの?」

　泉は苦笑した。

「ああ、そうだった。よく精進料理だのサラダ屋につき合わされたな」

「いいわね、物忘れの早い人は。立ち直りも早くって」

「いじめるなよ。君だって、ちゃっかりこうして俺に仕事を頼んでくるんだから、お互いさまだろう。とにかく、この物件は掘り出しものだ。昔話はやめて部屋を見ようぜ」

　案内されたのは、二階の端の二〇一号室だった。マンションの外観に反して、室内は清潔でさっぱりとした印象だった。

「奥が八畳の洋室で、こっちが和室だ。キッチンも広いだろう。全部本間取りだぜ。団地サイズなんてみみっちいもんじゃない。外のヴェランダだって、普通のマンションより三割くらい広く取ってある。南向きだしな。なにより見所はここさ」

　泉はもったいぶった手つきで、バスルームの扉をあけた。梨恵子は思わず声を上げた。

「広い。素敵なお風呂」

　淡いピンクのタイルが敷かれたそのバスルームはたしかに今までに知っているどのマンションのものよりも広々としていた。

「今どきこんな浴室ってないだろう。ほらこっちは洗い場だ。体は風呂の外で洗うんだ。

普通の家の内風呂みたいに。浴槽にたっぷり湯を張って、ゆったり身体を伸ばせる。洗い場も広いしね。ま、小さな銭湯みたいなもんさ」

バスルームを見た途端に、梨恵子はここを借りる決心を固めた。今までのマンションのバスルームの窮屈さに比べると、ここの広さは天と地の違いだった。自分で調合した芳香剤を湯に入れ、ここで身体を伸ばして長湯をする自分の姿が目に浮かんだ。どれほどリラックスすることだろう。

「たしかにここは掘り出しものね。でも、私に払えるかしら」

「九万でいい」

「十九万？」

「いや、ただの九万だ。共益費や何やを入れても十万にはならんだろう」

「嘘でしょう？　二十四、五万でもおかしくないわよ、ここなら」

あっけに取られている梨恵子に、泉はウィンクをして寄こした。

「だから言ったろう。掘り出しものだって」

引っ越しがすんで、わずか半日ほどの間に梨恵子は荷物の整理を終えてしまった。彼女はデリケートな仕事をしている反動で、ライフスタイルはラフで、むしろ男っぽい生活の仕方だった。衣服は最小限の機能中心のものばかりで、調理器具なども極端に少なかった。圧力釜と菜切り包丁、あとは小ぶりの中華鍋といった程度だ。むしろかさ高いのは香料に関する資料類や試薬などで、これだけで和室が満杯になってしまった。

それでも、雑多な不要物がないので、片づけはあっという間に終わった。

部屋に掃除機をかけ、すべてがさっぱりと落ち着いたのにまだ日は落ちていなかった。

電話の取り付け手配をＮＴＴですませた後、少し近所を散歩してみた。

ごく近い所に商店街とかなり大きな市場があった。このあたりは下町で、変に気どった店はない。売っているのは生活必需品ばかりで、梨恵子にはかえってそれがありがたかった。

昔風のつくりの米屋で、七分づきの米と玄米を注文する。

肉屋や魚屋は梨恵子には縁がない。市場の中には八百屋が三軒もあった。葉っぱつきの大根や、新鮮な根菜類、地場で採れた豆類などが山積みにされていて梨恵子を狂喜させた。

豆腐屋も、老夫婦が作る昔ながらの、縄でしばれるような固い豆腐を売っていた。

梨恵子の食生活は、これでほぼ完璧に保証されたことになる。

菜食主義者になったのは、別に思想的な理由によるのではない。これも鼻のせいである。少しでも古い魚や鶏肉は、悪臭がまず鼻についてどうしても喉《のど》を通らないのだ。新鮮なものなら食べられるが、今まで生きていたような魚介類を毎日食べられるほど収入があるわけではない。ごくごく自然ななりゆきで、梨恵子はベジタリアンになっていった。

　青々とした野菜を腕一杯にかかえて帰ってきた梨恵子は、サラダと豆腐とポテトで、新居における一回目の食事をすませた。

　それから、風呂にたっぷりの湯を張る。

　まず身体を洗い、かかり湯をしてから浴槽に身体を沈める。こんな風呂のはいり方をしたのは何年ぶりだろうか。今までのマンションでは、膝《ひざ》をかかえて湯につかるのが精一杯の広さだったのだ。しかも、目の前に便器と洗面所があった。ここ何年も、梨恵子はシャワーだけで寒々とした入浴をすませていたのだ。

　肩までたっぷりとした湯につかる。浴槽のふちからあふれた湯が、惜し気もなく洗い場にこぼれて落ちた。その湯はかすかな緑色に染まっていて、淡いハーブの香りを放っている。梨恵子が各種のハーブを微妙に調合して、自分の一番好きな香りにした入浴剤の芳香である。

　脚を伸ばしてゆったりと身体を暖めていると、梨恵子は自分が甘やかな幸福感に満たされてくるのを感じた。

「独りだから幸せなんだ」

　と彼女は思った。孤独は清潔ですがすがしい。孤独は誰をも傷つけない。孤独は答えを要求しない。たくさんの人間との関係の中で感じる淋しさに比べれば、孤独はなんと暖かいことだろう。

ほとんど眠ってしまいそうなほどのやすらぎに包まれて、梨恵子は二十分近くも湯の中に沈んでいた。

さすがに芯まで暖かくなって、一瞬ふらっとしながら浴室を出る。

冷蔵庫からシェリー酒を出し、背の高いリキュールグラスに半分ほど注ぐ。それを持って、梨恵子はヴェランダに出てみた。

ヴェランダからは、大橋と、その下を流れる河口が見えた。ランプをいくつも吊るした漁船が橋の下を通っていく。河べりの散歩道。犬を連れた老人、若いカップル、ジョギング中の青年などが通っていく。風は凪いでいるが、あたりには潮とオゾンの香りがたちこめている。西方の空はバラ色から徐々に真紅に変わっていく。

梨恵子は、手にしたシェリーを飲むのも忘れて、陶然とその光景を見ていた。

「ずっとここに居よう」

漠然とそう思った。

ずっとこのまま、この部屋で、海の匂いとポプリの芳香に包まれて、静かに年をとっていきたい。誰をも傷つけず、そのかわり誰からも愛されず、植物のように無言のまま。そしてある日、一瞬松ヤニの匂いを残してひっそりと死んでいきたい。そう思った。

〝シャーッ〟という小さな音が梨恵子を夢想から現実に引き戻した。その音に気づかなければ、いつまでもそのままヴェランダに立っていたかもしれない。

我にかえると、さすがに肌寒さを感じた。ほてっていた身体も、この季節の冷気ですっかり冷め始めていた。

「何の音だろう」

部屋に戻ってガラス戸をしめる。

その小さな音は、この部屋のどこかから聞こえていた。水音だった。〝シャーッ〟とかなり強い水圧の水音が、一秒おきくらいに間を置いて聞こえてくる。

水音はあきらかにバスルームから聞こえてくるのだった。

「シャワーを出しっぱなしにして出てきちゃったんだ」

梨恵子は、手元のシェリーを一口含むと、グラスをキッチンに置き、バスルームに向かった。近づくにつれて、シャワーの音が強くなってきた。

バスルームの扉をあける。

「？」

ほんのりと湯気に煙っているバスルーム。シャワー器具は洗い場の側の壁の留め具にきちんと掛けられている。湯は出ていなかった。さっきまで聞こえていたあの音も、扉をあけると同時に消えていた。少しの間様子を見ていたが、シャワーが再び出る気配はない。

梨恵子は念のために、浴槽の中も調べてみた。底にある排水口の栓が抜けて、そこから湯が漏れているのではないかと思ったのだ。栓はきっちりとしまっていた。

浴室を出ながら梨恵子はしきりに首をひねった。錯覚だったのだろうか。どこかよその部屋からシャワーの音が聞こえてきたのかもしれない。

しかし、梨恵子は鼻に対するほどではないものの、自分の聴覚に絶対的な信頼を持っていた。目の悪いぶんを、今まで鼻と耳の感度の良さでおぎなってきたのである。あの音はたしかにこの部屋のバスルームの中から聞こえていた。

残ったシェリーをなめながら考えるうちに、梨恵子は、はっとあることに気づいた。彼女は今日、シャワーを使わなかったのである。かかり湯をして軽く身体を洗い、後は浴槽につかってそのまま出てきた。シャワーの器具には指一本ふれなかったはずだ。シャワーと水道管との切り替えノズルにもさわっていない。

使ってもいないシャワーを、しめ忘れることなどありえないのだ。


その後の二週間は快適に過ぎていった。

梨恵子は、勤め先である「アロマ・デザイン・オフィス」での仕事が終わると、寄り道もせずにマンションに帰った。

かなり大きなプロジェクトが舞い込んでいたので、さまざまな資料を持ち帰って、夜中まで仕事に没頭することが多かった。

新しいプロジェクトは、流し台や浴槽の大手メーカーが、新たに販売する浴剤の開発だった。漢方系のハーブを組み合わせて、「気」や「経絡」の流れをコンセプトにおいた商品である。本草学の古書や気功医学の本など、今までとは分野の異なる、膨大な資料を読みこなさねばならなかった。

根を詰めたときに、このマンションの広々とした風呂は、素晴しいリフレッシュ装置になった。徹夜に近いような日の明け方でも、熱い湯にさっとつかると見ちがえるように疲れが取れてしまう。

梨恵子は、多いときには、朝に一回、夕方から深夜にかけて四回も入浴することがあった。

そんなある夜。泉から電話がかかってきた。

「なに？　どうしたの？」

「いやあ、ごめんごめん。一回連絡しようと思ってたんだけど、放りっぱなしになってて。どうだい、そっちの住み心地は。何か具合の悪いとことかないだろうか」

「いえ。住み心地は最高よ」

「そうかい。そりゃよかった。どっかガタがきたとか使い勝手の悪いところがあったら、遠慮なく言ってきてくれよ。こっちはメンテナンスも商売のうちなんだから」

「とてもいいマンションだわ。まわりも静かだし」

「それで、どうだろう。メンテナンスがないとなると言い訳に困るんだが……」

「なに？」

「一度、そっちへ行っていいだろうか。久しぶりにゆっくり食事でもしないかい。君の野菜料理が何だかなつかしくってね。積もる話もあるだろうし」

「泉さん。言っときますけど、ここが住み心地がいいのはね」

「うん」

「あなたがいないからなのよ。ひとっかけらもあなたのことを思い出さないからなのよ。わかった？　わかったら二度と電話してこないでちょうだい」

梨恵子は激しく受話器を叩《たた》きつけた。

万巻《ばんかん》の書に囲まれて、老学徒のように透明な気分でいたところに、なまぐさい風が吹き込んできたような気がした。一瞬にして不快になってしまった。

「仕方がない。もう一回、身を清めるか」

浴槽の湯に、いつもより多めの香料を入れ、梨恵子はその日三度目の風呂につかった。

今回の香料は、梨恵子が「大森林」と名づけたブレンドである。新鮮な杉の切り口のような香りが浴室一杯にひろがる。梨恵子はその香りを大きく胸一杯に吸い込んだ。途端に大きくむせて咳込《せきこ》んでしまった。

「なによ、これ」

すがすがしい若杉の香りの中に、とんでもない別の匂いが混じっていたのである。

「いやな匂い……。そうか。下のお店の」

それはどうやら「豚骨スープ」の匂いらしかった。下の九州ラーメン屋が、明日の分のスープの仕込みをしているのだろう。梨恵子の頭の中に、いつか見たラーメン屋の厨房の光景が浮かんだ。

ばかでかいずんどう鍋。それこそドラム缶ほどもある巨大な鍋の中に、鶏の骨や巨大な豚の脚の骨、丸ごとの頭などが放り込まれ、激しく煮えたぎっている。香り付けと甘味を出すために、丸ごとの玉ネギやキャベツ、ニンニクなどが大量に入れられる。それらは鍋の中のカオスをめぐって、上に行ったり下に行ったり、激しく回転し、何時間か後には白濁したドロドロのスープになるのだ。

食べ盛りの若者などには、この匂いはむしろ「うまそうな」、よだれの出そうな香りに違いない。ただ、長年にわたって菜食を続けてきた梨恵子にとっては、嗅いだだけでも血が濁りそうな、吐き気を催す悪臭であった。

「そういえば、あのお店ってのは一階の一番端っこにあった。この部屋も二階の端っこ。この二〇一号室は、あのラーメン屋の真上にあるんだわ。風向きか何かのせいで、今日はこっちに排気がのぼってきたんだ」

梨恵子はあわててバスタオルをまとうと、浴室の外に出た。おかしなことに、部屋の中の方がまだ悪臭は薄かった。通風孔の配置や窓の位置、風向きなどの複雑な関係でそういうことになるのだろうか。

いずれにしても、梨恵子の手には負えない。

ラーメン屋に行って、スープを作るな、と無茶なことも言えない。

気流の流れを考えて、何らかの工事をほどこすしかない。しかし、そうなると、たった今、激しく拒絶したばかりの泉に電話して泣きを入れるしかないではないか。そんなことは死んでもいやだった。

頭をかかえている梨恵子の耳に、聞き覚えのある音が聞こえてきた。

〝シャーッ〟

というシャワーの音。一秒くらいの間を置いて、切れぎれに聞こえてくる。バスルームの方から。

「ふうん。そりゃ、やっかいですね」

与島は腕を組んで、困ったような笑い顔を見せた。

「そうなんです。香りのデザインを依頼されているお得意先に話すようなことじゃないんですけれど。与島部長ならお風呂のプロだから」

与島は、梨恵子に今の浴剤開発プロジェクトを依頼している大手メーカーの部長である。もともとは浴槽などの技術開発のセクションにいた人間だ。梨恵子は、泉にだけは死んでも頼めない相談を、思い余ってこの与島のところへ持ってきたのだった。

「それで、その匂いとか変な音ってのは、毎日毎日あるんですか」

「ええ。その日以来、段々ひどくなってくるみたいなんです。〝シャーッ〟っていう音だけのときもあるし、いやな匂いだけのときもあるし。両方重なるときもあります。だいたい夜中の一時から明け方にかけてですね」

「うーん、なるほどなあ。一度そのマンションの配管図なんかをよく見てみないとわからないんだが。マンションっていうとみんな、コンクリートでびしっと詰まってると思うんだろうけど、案外そうでもないんですよねえ。壁なんかは中空になっててダクトが通ってるからね。天井も床下も壁も、実は隙間だらけなんですよ。一階に飲食店があると、上の方の階までゴキブリが出てくるでしょ。あれを見ても隙間だらけだってことがわかるでしょ」

「ええ」

「ことに我々〝水回り〟って呼んでる部分。台所、トイレ、バスルームね。この周囲は配管だらけですから。上へのぼる匂いのようなものがもれてくるのは仕方ないかもしれないですね。ただ、その〝シャーッ〟っていう音ってのは気になるな。防火用のスプリンクラーの関係にヒビでもはいってるんなら、火事のときに危ないですしね」

「火事のときに……」

「大きな火事のときはね、火ってのはその壁とか天井の内側の空間を伝って燃えていくんですよ。だから、部屋の中が燃えてなくっても、消防隊員が床をはがすと、床下も壁の中も火の海だったりする。たいていは寝煙草とか天ぷら油が出火の原因ですが、風呂の空焚《からだ》きによる出火ってのもけっこう多い。風呂とか台所周辺の防火設備に異常があって、変な音がしてるんなら、ちょっと問題ですよ」

「ええ」

「そうだ。これを見てごらんなさい」

与島は背後の書棚から、分厚いファイルを取り出して梨恵子に渡した。ファイルの表紙には、「浴室周辺の事故ファイル、一九八五〜一九九〇」というタイトルがあった。

「これは？」

「要するに、お風呂でおこった、いろいろな事故ですな。うちも浴槽や浴室設計のメーカーですから、こういう事故は逐一ファイルしてあります。お爺ちゃんがタイルですべって打ち所が悪くて亡くなった、とか、マンションのボイラーに欠陥があって大惨事になったとかね。そこからメーカーとしての留意点や、新システムのアイデアが出てくることもある」

「へえ。プロなんですねえ」

梨恵子は、パラパラとそのファイルをめくって見ていたが、ある頁まできてピタリと指先が止まった。目は開かれたその頁に釘付けになり、顔色は見る見るうちに蒼白になった。

「どうしました」

与島がそのファイルをのぞき込む。

「昨年の暮れのファイルですね」

梨恵子の視線の先には、十行ほどの小さな記事が切り抜かれてファイルされていた。

「〝独り暮らしの女性、マンションの浴室で自殺〟か。この記事がどうかしたんですか」

「悪かったと思ってるよ」

泉は、二〇一号室のソファに坐り、膝の上で両手を組んでうなだれていた。

「たしかにあいつは、伴井美智子はこの部屋に住んでいた。そして風呂場で自殺したのさ。俺への当てつけにね」

「そんな部屋によく私を入れてくれたわね」

梨恵子は怒りのためにかえって低くなった声でつぶやいた。

「死人が出た部屋だってんで、どうにも借り手がつかなかった。そこへ君からの依頼だ。俺はあの頃のことを思い出したよ。そして残忍な気持ちになった。この野郎、俺をこっぴどく振ったくせに、いけしゃあしゃあと、ってね。それで思いついたんだ。美智子の死んだ部屋に、君を放り込んでやろうと思ったんだ。何にも知らずに暮らすがいいやってね。知らぬが仏とはこのことだって……。一年たったら教えてやるつもりでいたんだ」

「ひどい人……」

「悪いことはできないもんだな。君の方から先に気づくなんてな」

「とにかく、明日、このマンションは出ますからね。しばらく親元へでも帰って別のマンションを探すわ。泉さんに頼んだのがまちがいだった。バカだったわ」

「すまない。ただ、今さらこんなことを言うのも何だけどさ。気味の悪いのはそりゃ認めるけどね。知らないうちは、住み心地よかっただろ、ここ」

「いいことなんかあるもんですか。シャーッ、シャーッってしょっちゅう変な音はするし。下のラーメン屋の豚骨の匂いはぷんぷんするし」

「ラーメン屋の？　最初の頃は、だろ？」

「いいえ、昨日もぷんぷん匂ってきたわよ」

「昨日も？」

泉は不思議そうな顔をした。

「そんなはずはない」

「どうしてよ」

「見なかったのかい。下の店に〝貸店舗〟って出てたろ。あのラーメン屋は、はやらなくて、もう三週間も前に店たたんで出てったんだよ」

「じゃ、どうしてあんな……」

言いかけて、梨恵子は息を呑んだ。さっきまでふてくされていたような泉の顔から、血の気が失せてまっ白になっていた。背をまっすぐに伸ばし、組んだ手を置いた膝ががくがく震えている。

「どうしたのよ、泉さん」

「美智子はな、新しい女ができた俺への当てつけに死んだんだ。第一発見者は俺だった。その……君が見たっていう新聞記事には、詳しいことは何も書いてなかったのかい」

「ええ」

「俺がこの部屋にはいってきたとき、美智子の姿は見えなかったんだ。シャワーの音がするから、バスルームをのぞいてみた。そしたら……」

「………」

「それはシャワーの音じゃなかったんだ」

「………」

「美智子は、浴槽の中で湯につかったまま、左の手首を切ってた。手は浴槽の外へたれていた。俺がシャワーの音だと思った〝シャーッ〟っていう音は……血の音だったんだ」

「………」

「俺はそれで動転してしまって、とにかく一度自分の家へ帰ったんだ。酒を飲んで、気を鎮めてから、警察に電話した。二回目にマンションへ着いたのは二時間後くらいだった。俺はあわててたんで、気がつかなかったんだ。美智子は、湯を焚きっ放しのまんまの状態で手首を切ったんだよ。沸かしたままで二時間も放っておかれたんだ。二回目に部屋にはいったときには……匂いが……」

「やめて」

梨恵子はそのままトイレに走り込み、激しく胃の中のものを吐いた。もう吐くものがなくなっても嘔吐《おうと》は続いた。

ようやく立ち上がって水を流す。

水の音はいつまでも止まなかった。

トイレの水はもう流れていないのに水音は続いていた。〝シャーッ〟という音が、隣りのバスルームから。続いてあの匂いが……。

バスルームの扉が開く音がした。

ゆっくりした足音がバスルームからリビングの方へ移動していく。

泉の、笑っているようにも聞こえる悲鳴が聞こえた。

直後、あのいやな匂いがスッと消え、かわりに鮮烈な血の匂いがただよってきた。

梨恵子は不思議に冷静な気持ちだった。そしてトイレの中でつぶやいた。

「孤独の嫌いな女もいるんだわ。死ぬのさえ独りじゃ我慢できない、そんな女もいるんだわ」

幽霊屋敷

高橋克彦

その家はそのまま残されていた。

淡い月明かりだけが頼りの目には、四年前そのままに見える。私は家を見上げる道路にしばし立ちすくんだ。タクシーは私を下ろすと転げるような勢いで坂道を引き返して行った。駅前で拾ったタクシーで、噂《うわさ》はなにも知らない様子だったが、新興住宅地の突き当たりに黒い影を作っているこの家の不気味さを鋭敏に感じ取ったのだろうか。もっとも、昼間だって異様に違いない。この家を中心に両隣までが空き家なのだ。古い家ならともかく、三軒ともに築後五年が過ぎていない。その新しさが逆に禍々《まがまが》しさを覚えさせる。特に両隣の家の窓には不動産屋が人の侵入を防ぐために打ち付けた板が夜目にもはっきりとしている。それがなんとも薄気味悪い。何年も買い手のないことを如実に示していた。少し責任を感じた。顔までは忘れてしまったが、両隣の住人には挨拶《あいさつ》を交わしたことがあるのだ。確かどちらも若い夫婦たちだったと記憶している。せっかく購入した家を安く手放さなければならなくなって嘆いたことだろう。

私は家への短い石段を上った。

両隣の家の庭が見えた。

どちらも丈の高い雑草で埋められていた。

放置されて二年以上は経つように思えた。

右隣の家の庭には赤と黄のチューリップが植えられていたのを唐突に思い出した。麻《あさ》美《み》たちの部屋の窓からそれが見えて喜んでいた。あの頃はだれもが明るい笑いをしていた。

私は真っ暗な玄関の前に立った。引き手に指をかけてみたが、もちろん開かない。チャイムを押してみたい誘惑と戦った。押せば中に響き渡り、本当に麻美《あれ》がいるのならば私の到着を知るであろう。だが――したくはなかった。なぜなのか私にも分からない。

私は庭の方に足を忍ばせてまわった。噂が真実としたら必ずどこかの窓が破られている。ぞくぞくと寒気が私を襲っていた。やはり不動産屋に断わって来るべきではなかったか？　訪ねれば事情を詳しく説明してくれたかも知れない。が、その勇気もなかった。なんと名乗ればいいのだ？　幽霊の父親ですと正直に言えばいいのか？

そんな哀《かな》しいことは口にできない。

今頃信子はどんな思いで病室のベッドに横たわっているのだろう。この家に私が到着した頃だと察しているはずだ。私と違って信子は麻美に心底会いたがっていた。母親の強さをあらためて感じた。私ときたら……どこかで娘に怯《おび》えているのである。

一昨日の午後だった。

大学の講義を終えて信子の入院先に立ち寄ると、信子は私を待ち兼ねていた様子で袖《そで》に取り縋《すが》った。信子の目は涙で赤く腫《は》れていた。

「あの娘《こ》が苦しんでいるの」

そう言って信子は嗚咽《おえつ》を洩《も》らした。なんのことか私には分からなかった。信子は膵臓《すいぞう》を悪くしてベッドから離れられない。それで苛立《いらだ》ちがつのる。

「絶対にあの娘よ。町も話もぜんぶ一緒。あの娘に間違いがないの」

「なにがあった？」

「昨夜のラジオで聞いたの。お化けのこと」

信子はしどろもどろながら説明した。麻美の嫁いだ町の話だったので興味を抱いたらしい。ところが……聞いているうちに、それが麻美の話のようだと気がついた。若くして家を建てたはいいが、ローンの重圧のせいで夫は意欲を失い、その鬱屈《うっくつ》を酒や女に求めはじめた。やがて会社の同僚である若い女と駆け落ちをしてしまった。一人残された妻はピアノの出張教授をしながらローンを払い、必死に生きていたのだが、運悪く酔っ払い運転の車に撥《は》ねられて死んでしまった。別に首吊《くび》り自殺でもないので後始末を頼まれた不動産屋は改装もせずに売却した。それがまずかったのか、以来、その家に幽霊が現われると言うのである。新しい家人が眠っているところに、玄関の鍵《かぎ》を開ける音がして、ごく普通の足音が廊下を軋《きし》ませる。気配は台所に移り、水道を使う音や女の溜《た》め息《いき》が聞こえる。堪《たま》ったものではない。怖々《こわごわ》と電気をつければ、むろんだれの姿もない。するといつの間にか二階の部屋の明かりが点《とも》っている。死んだ女が寝室に用いていた部屋だ。女はどうやら自分の死を自覚していないものと見える。姿こそ見えないが夜中の便所に香水の匂《にお》いが漂っていることもあった。あまり頻繁にそれが続くので彼らは二カ月も過ぎないうちに引っ越した。彼らばかりか両隣の家も同様だった。真夜中に、だれもいないはずの家から泣き声や激しく物が壊れる音がする。電気を止めているのに時々明かりが点滅する。ガラス越しに屋内から庭を眺めている女の顔さえも見えた。これでは怖くなって当たり前というものだ。三軒全部が空き家になる頃には噂が広まっていた。不動産屋が相場の三分の一まで値を下げても買い手がつかない。噂を耳にした若者や酔っ払いたちが肝試《きもだめ》しに窓を破って泊まり込むことがある。だが翌朝を待たずに逃げ帰る。必ず異変に襲われるのだ。窓を何度直しても悪戯者《いたずらもの》が後を断たないので不動産屋も今は諦《あきら》めて放置しているらしい。

信子の話はそういうことだった。

はじめは笑っていた私の体も強張《こわば》った。偶然にしては似過ぎていた。家を建てて間もなく夫に逃げられた麻美は、子供の頃から得意としていたピアノの教授で生計を立てていたのである。家を売り払って東京に戻って来いと何度も誘ったが頑として聞かなかった。夫が戻ると信じていたのだろう。そして……車の事故に遭って二十八の若さで死んでしまった。私たちにはたった一人の娘だったのに。

「だから私たちには来なかったのね……」

信子は顔を覆って泣いた。

「死んだと思ってないのよ。まだあの家であの娘は暮らしているの。幽霊でもいい。会いに来て欲しい。どうして私のところには……」

「やめなさい。意味のないことだ」

「あなたは可哀相《かわいそう》と思わないんですか？　あの娘はなんにも知らずに、あの家に……」

言われて私も胸が詰まった。娘の幽霊を他人が見ている。しかも見世物とおなじような目で。それを思うと気が狂いそうになる。

「会いに行ってあげて」

信子は突然口にした。

「私たちがどんなに愛しているか……それをあの娘に伝えて貰《もら》いたいの」

「馬鹿な……作り話かも知れない」

「頭がおかしくなりそうなのよ。あの娘は一人でそんな家にいて怖くはないのかしら」

普通なら笑い飛ばしてしまう言葉だが、私もおなじ気持ちだった。真っ暗な闇《やみ》に漂う麻美を想像すると涙が込み上げてきた。行かねばならないと思ったのはそのときだった。

やはり噂通りに裏庭に面した窓が破られていた。明朝のことにしよう、とどこかで考えていた私の迷いはそれで消えた。娘を怖がる親がどこにいる？　たとえ幽霊であろうと麻美には違いないのだ。それにしてもこんな親子が他にあるだろうか。肉親の幽霊を見た話は多く聞くが、幽霊屋敷に住む娘の霊魂を訪ねて父親がやって来るなど……思わず苦笑が洩《も》れた。どこまでも手を焼かせる。

「麻美……私だ。会いに来たよ」

窓を開けて私は闇に声をかけた。そう口にすることで少し恐れが薄れた。

屋内は凍り付いたように静まっている。用意して来た懐中電灯で照らし見る。そこは私と信子が泊まったことのある和室だった。無惨な荒れ様だった。ぼろぼろにささくれた畳にたくさんの靴跡がある。ビールの空き缶がいくつも転がっていた。壁には若者のものらしいスプレーで書いた文字。部屋の隅に大便をしたようなティッシュペーパーの盛り上がりを見付けて激しい怒りを覚えた。ここは麻美の夢を膨らませた家なのである。他人が無断で入り込み、それを壊す権利などない。哀しみを必死で抑えつつ私は窓から入った。

押し入れの襖《ふすま》は半開きになっていた。中を照らしてから襖を閉じた。隠されていた方の襖には小さな穴がいくつもあいていた。なんだろう。指で突いたような穴だ。

ぱたん、とどこかでドアを閉める音がした。

ぞぞっと総毛立った。

二階の扉かも知れない。

私は闇に耳を澄ませた。しーんという闇の音が耳の底で震えているばかりだ。もちろん空耳だったのだろう。約束の客を待ちながら書斎で仕事をしているとチャイムの空耳を何度も聞くことがある。今の私はどんな小さな物音でも聞き逃すまいとしている。だから鼓膜に想像の音が伝わる。

私はたばこを取り出して口にくわえてから灰皿代わりにビールの空き缶を拾った。点《つ》けたライターの炎が震えているのが分かる。情けない。ここは娘の家だと言うのに。埃《ほこり》も気にせず私は畳に胡座《あぐら》を搔《か》いた。

まず気持ちを落ち着かせなければ。急ぐ必要はない。今夜は泊まってやるつもりだった。

開け放たれた襖の先に長い廊下がある。懐中電灯で照らして見た廊下にも大小の無遠慮な靴跡がついていた。畳に胡座を搔いたまま私は家の間取りを思い出していた。一階はこの和室の他に広い台所と居間。二階は夫婦の寝室と将来は子供部屋にするための六畳。そんな未来を麻美は夢見ていたのだ。

〈あの男が頑張れなかったのは麻美に子供ができなかったからなのだろうか〉

今は、あの男としか呼びたくない。あの男が放棄さえしなければ麻美には違う未来があったはずなのだ。子供だってわざと我慢しているのだと麻美は信子に言ったと聞いている。あの男にどんな理由があったにしろローンをそのままに駆け落ちなど敵前逃亡も一緒だ。

麻美は疑いもしていなかったが、女にだらしなさそうな男であるのは最初から感じていた。あの男の勤務していたデパートは女性の多い職場である。と言って娘の選んだ相手に親が異を唱える時代ではなくなっていた。それが今となっては悔やまれる。たばこを揉《も》み消して私は立ち上がった。麻美のことを思っているうちに恐れもいつしか薄まっていた。不幸な娘である。

廊下に出ようとした背後に怪しい気配を感じ取った。だれかが闇《やみ》に立っている。首筋から背中へと鳥肌が広がった。確かにいる。

みしみし、と畳を踏む足音が聞こえた。

咄嗟《とっさ》に振り向き懐中電灯を向けた。

だれの姿もない。

慌てて部屋の隅々を照らした。明かりの輪から逃れるように白い煙が天井へと走った。目で追う。だがそれも直《す》ぐに闇に溶け込んだ。

ぶつっ、ぶつっ、と異様な音がする。紙に穴をあけているような……気付いて押し入れの襖《ふすま》を照らした。襖が奥にたわんでいる。

悲鳴を上げたかった。

見ている前で襖に穴があいていく。それも指の大きさで四つずつ。私には見えないなにかが襖に指を突き刺しているのである。

穴は次々に増えた。

無意味なだけに怖かった。麻美と出会うにしても別の形を頭に描いていたのだ。

「お前……なのか？」

応じるごとく一挙に五十もあいた。

ぶつ、ぶつ、ぶつ、ぶつ、ぶつ。

そして――いきなり終わった。

私は廊下に逃れながら見守った。なにも起こらない。私は肩で大きく息を吐いた。

そこに玄関のチャイムが鳴った。

思わず身を縮めた。客などあるはずのない家だった。はーい、と二階から声がした。

心臓が破裂しそうだ。

あれは間違いなく麻美の声だ。

とんとんとんと階段を下りる音が近づいて来る。私はそこに凍り付いたまま見詰めた。

しかし階段からはだれも下りて来ない。玄関も何事もなかったように静まり返っている。

麻美の声と確信できなかったなら私はここで逃げ去っているに違いない。

「麻美！　いるんだね」

思い切って階段に走った。上を照らす。

「………」

そこには冷たい闇しかなかった。

懐中電灯を握る掌《てのひら》が汗ばんでいた。

念のために私は玄関へまわった。ドアの覗《のぞ》き穴から外をそっと窺《うかが》う。もちろんだれの姿も見当たらない。目を離すとふたたびチャイムが屋内に響き渡った。

「どなた……」

今度は廊下の奥から微《かす》かな声が聞こえた。

からかわれているのだと悟った。

麻美はまだ私と分からないのだ。承知していればこんな悪戯《いたずら》をしない。それとも……幽霊になってしまうと別のものになるのか。心が通じると思うのは生きている者の願望に過ぎないのかも知れない。

「お父さんだ。安心しろ」

安心しろと言われたいのはこっちだが……私はじりじりと声の方向を目指して進んだ。左手に台所がある。この中から声は聞こえたような気がした。曇りガラスの引き扉を乱暴に開けて懐中電灯を突き付けた。流し台の他になにもない台所が広がっていた。

ううう、とどこからか声がした。

黒い影が私の足元をよぎった。

私は飛び上がった。

黒い影は流し台の陰に隠れた。向けた明かりに二つの目玉が光った。痩《や》せて汚れた猫と知って私の緊張は一気に緩んだ。猫は明かりから逃れられず怯えて蹲《うずくま》っている。破れた窓から忍び込んだものだろう。仲間を得た気持で私は猫を照らしながら屈《かが》んだ。

〈?……〉

これは麻美が一人になった寂しさから飼っていた猫ではないだろうか。どこか見覚えがある。麻美が亡くなってほどなく、猫はどこかに消えたのだ。引き取るつもりでいたのだが、消えた猫を待ってこの町に残るわけにはいかなかった。信子もそれをずっと気にしていたのである。

おいで、と手を出すと猫は怖々ながら私に擦り寄って来た。撫でた背中の毛は土埃《つちぼこり》でざらざらだった。涙が零《こぼ》れた。鉤型《かぎがた》に曲がった短い尻尾《しっぽ》には記憶がある。麻美がよくこの尻尾に指をかけて遊んでいた。

「お前の家だものな」

私は猫を抱き上げた。外で食べ物を見付け、夜にはこの家に戻っていたのだ。麻美がいなくなって三年……どんな思いでこの猫は夜を過ごしていたのか。

「おいで……」

どこからか声がした。猫はぐるると喉《のど》を鳴らして顔を動かした。私の腕から逃れようとする。手を放すと短い尻尾を立てて廊下へ駆け出していった。私も後を追いかけた。猫は迷わず階段を上った。胸がどきどきする。

寝室のドアは半分開いていた。猫はするりと寝室に入った。そっとドアを押して覗いた。部屋の真ん中では猫がころころと転がっていた。なにもない空間の一点に猫の目は注がれている。嬉《うれ》しそうな顔だった。まるで遊んでくれる相手がいるかのように。猫の喉の音も鳴り止《や》まなかった。猫には麻美の姿がはっきりと見えるのだろう。だから毎夜戻って来ていたのだ。

私はじっと猫の様子を眺めた。猫の視線の先には必ず麻美がいる。位置を見定めて懐中電灯を消した。明かりが妨げている可能性があった。それでも……見えなかった。

そのとき、階下で激しい物音がした。

猫は唸《うな》りを発した。明かりを点けて確かめた。猫は不安そうに耳を動かしている。が、視線は変わらず元のままだ。猫はそこにだれかがいるごとく怯《おび》えた目で蹲った。猫の背中の毛が波打っていた。寒気がする。見えない指で撫でているのだ。そこにまた物音が

――

私は気付いて階段を下りた。

麻美は猫と一緒なのだ。としたら階下の物音は麻美と関係がない。だれかがこの家に侵入している。物好きな酔っ払いだろうか。

音は台所から聞こえる。

コップを投げ付ける音に似ていた。床にガラスが砕ける音だ。酔っ払いだとしても、いったいなんのために？

身の危険を覚えた。そんなところに姿を現わせば、相手も驚いて私を幽霊と勘違いする。

廊下でしばらく見極めることにした。

音はさらに激しくなった。鍋《なべ》を投げたり椅子《いす》をテーブルに持ち上げてぶつける音がする。喧嘩《けんか》でもしているような騒がしさだ。

〈椅子?〉

そんなものは取り払われている。たった今、家具がなに一つないのを見たばかりだ。ましてや鍋など……覚悟を決めて扉を開けた。

物音は一瞬のうちに消滅した。

台所はがらんとしていた。

恐ろしい意味が分かるまでには時間がかかった。麻美は確かに二階にいたのである。つまり……この家にはもう一人幽霊が存在するのだ。それ以外に考えられない。

たたたた、と猫が後ろの廊下を走り抜けた。

和室に向かっていく。

慌てて私も走った。外へ逃げられたら東京に連れて帰ることができなくなる。

だが猫は逃げようとしたのではなかった。

和室の押し入れを睨《にら》んで威嚇《いかく》していた。

押し入れの中から荒い息遣いが聞こえる。

不気味な笑いもした。

「だれだ！　だれなんだ」

私は襖《ふすま》を足で蹴《け》った。笑いは続いた。私は押し入れに飛び込んだ。

生臭い風が反対に抜け出た。

白い柱に似たものが部屋の真ん中にふわふわと浮かんでいた。畳に血が広がった。私は猫とともに後じさった。邪悪なものである。

廊下の暗がりよりなにかが転がる重い音がした。私は振り返った。

男の首だった。

男の首がごろごろと音をさせて部屋に入って来た。首は私を睨むように瞼《まぶた》を開けた。

私はへたへたとその場に腰を下ろした。

もう……なにも考えられない。

いや、考えたくないことだった。

「麻美……お前が殺したのか」

やがて私はまた二階へと戻った。猫も懐《なつ》いて私の足元にいる。

「そうなんだね。駆け落ちしたと見せ掛けたわけか」

首はあの男のものだったのである。死んでいなければ幽霊になるわけがない。死体は恐らく和室の床下にでも埋められているのだろう。麻美はその死体が気になったのだ。事故に遭って亡くなる直前に麻美の心を占めたのはそのことだけに違いない。だから人をこの家に近付けさせまいとした。私たちのことを思う余裕など麻美にはなかった。これも想像だが、あの男は麻美の目の前にも現われていたのではないか？　そう思うと麻美が哀れであった。麻美は幽霊に怯えながら耐えていたのだ。

「どうして欲しいんだ？」

口にしつつも私の考えは定まっていた。

「お父さんがこの家を買い戻すよ」

気のせいか麻美の安堵《あんど》が伝わった。

「だれにも手を触れさせない。心配することはないんだ。この先ずっとあの男は見付からない。猫も私が育てる。名前は？」

「……みーこ……」

今度は歴然と聞こえた。猫が喜んだ。

「一度でいい、姿を見せてくれないか。母さんががっかりするだろう」

麻美はそれに嗚咽《おえつ》で応じた。やり切れない長い嗚咽だった。

そして麻美は本当にいなくなった。

顔の半分が潰《つぶ》れた顔を私には見せたくなかったに違いなかった。

くだんのはは

小松左京

戦時中、僕の家は阪神間《はんしん》の芦屋《あしや》で焼けた。昭和二十年の六月、暑い日の正午頃の空襲だった。

僕はその時中学三年だった。工場動員で毎日神戸《こうべ》の造船所に通って特殊潜航艇を造っていた。腹をへらし、栄養失調になりかけ、痩《や》せこけてとげとげしい眼付きをした、汚《きた》ならしい感じの少年だった。僕だけでなく、僕たちみんながそうだった。

阪神間大空襲の時、僕達は神戸の西端にある工場から、平野《ひらの》の山の麓《ふもと》まで走って待避していた。給食はふいになるし、待避は無駄《むだ》になったので、僕達はぶつぶつ言った。芦屋がやられているらしいと聞いても、目前の疲労に腹を立てて、気にもかけなかった。またいつものように工場から芦屋まで歩いて帰るのだと思うと、情なくて泣きたくなった。神戸港から芦屋まで十三キロ、すき腹と疲労をかかえ、炎天をあえぎながら歩いて帰る辛《つら》さは、何回味わっても決して慣れる事はない。空襲があれば必ず阪神も阪急も国鉄もとまってしまい、翌日まで動かない事もあった。

その日も僕は工場が終ってから二、三人の友人と歩いて帰った。感覚のなくなった脚をひきずって枕木《まくらぎ》をわたって行くと、あちこちに茶色の煙が立ちのぼるのが見えた。沿線ぞいの一軒は、まだ骨組みを残してパチパチと炎をあげていた。芦屋の駅の近くまで来ると、僕はひどくとまどった。景色はすっかりかわってしまい、まるきり見なれぬ土地へ来たみたいだったからだ。僕の町の一角は、きれいさっぱり焼け落ちてしまい、まだ熱くてそばにもよれない赤土の山になっていた。所々にコンクリートの塀《へい》や石燈籠《いしどうろう》が残っていたが、あとは立木が一本まる裸になって立っているだけだった。僕は自分の家のあった所を見つけるのに、十分もかかった。見おぼえのある石の溝橋《みぞばし》でやっとそれとわかったのだ。——道の反対側には、国民服に鬚《ひげ》をはやした男が一人、薄馬鹿のように口をあけて立っていた。それが父だった。僕がそばに行っても、ふりむきもしなかった。「今夜どうする、父さん?」ときいても「うん」と言ったきりだった。その家は父が建てたもので、父の僅《わず》かな財産の一つだった。芦屋に家を建てて住むと言う事は、戦前にはなかなか大した事だったのであり、父はサラリーマンとして、規模こそうんと小さかったが、その望みをなしとげたのである。今父は、ほんの一握りの広さしかない焼け跡を見て、自分の希望、自分の財産のあまりの小ささに、呆然《ぼうぜん》としているようだった。

　その夜僕達が野宿もせずにすみ、また父の会社の寮まで、夜道を歩いて行かずにすんだのは、お咲さんのおかげだった。僕達親子が何をするにも疲れすぎ、一時間近くもそこに立ちすくんでいた時、もんぺに割烹着《かっぽうぎ》の女の人が、焼跡の道をキョロキョロしながら歩いて来た。その人は僕達の方をすかすように見ると、急いでかけよって来た。

「まあ旦那様《だんなさま》、坊ちゃま、えらい事になって!」

とお咲さんは泣くような声を出して言った。

お咲さんはそのころ五十ぐらい、僕の家にずいぶん前から通っていた家政婦さんだった。子供好きで家事の上手《じょうず》な、やさしい人だった。僕はもう大きかったから、それほどでもなかったが、幼い弟妹達はよくなついていた。末の妹などは、病身の母よりもお咲さんに甘ったれてしまい、彼女はいつも妹がねつかなければ帰れない事になっていた。物を粗末にせず、下仕事もいやがらずにやり、全く骨惜しみしない――信じられないかも知れないが、昔はそう言う家政婦さんもいたのだ。一つはお咲さんが何かを信心していたせいだろう。妹が妙な手ぶりをおぼえたりしていたところを見ると天理教だったかも知れない。こうして三年以上も通ってもらったろうか。母が弟妹達を連れて疎開する時、お咲さんもやめる事になった。女手がなくなってしまうし、父と僕だけだと、昼間は全く無人になるからと言うので、もう少し通ってくれないかとたのんだが、義理のある仕事なので、まことに申し訳ないが、と言う返事だった。

「そのかわり御近所の事ですから、暇がございましたら参りますし、まさかの時は、向う様さえ大事なければ、必ずかけつけます」

「一体どこらへんなの?」と母はきいた。

「この下の、浜近くのお邸《やしき》でございます」

「あそこらのお邸だったら、お給金もいいんでしょうね」と母は言った。あれほどつくしてもらっていながら、思う通りにならないといい、や味を言う。僕はそんなお嬢様根性のある母がきらいだった。

「お給金のためで参るのではございません――そりゃずい分頂けるそうですが。その家は体も楽だし、頂き物も多いのに何故《なぜ》だか家政婦が一週間といつかないんだそうでございます。それで会長から特に私がたのまれまして。――人のいやがる事、人が困っている時は、すすんでやれと言うのが、私共の御宗旨の教えでございましてね」

　こうしてお咲さんは、お邸勤めにかわったが、その後も男世帯を時々見に来てくれ、たまった汚《よご》れ物を僅かの間に片づけたり、お邸からの貰《もら》い物らしい、その頃には珍しかった食物などを持って来てくれたりした。――その時も、駅前がやけたときいて、とるものもとりあえずかけつけてくれたらしい。お咲さんの顔を見ると、僕は気がゆるんで泣きたくなった。

「まあ、ほんとに何て御運の悪い。私、お邸の方も守らないといけないし、こちらさまも気がかりでやきもきしておりました」

「いいんだよ。お咲さん、これが戦争と言うものだ」と父はうつろな笑いを浮かべながら言った。

「でも、今夜おやすみになる所が無いんじゃございませんか?」

　僕は父の顔を見た。父は困惑を通りこした無表情で、もう暮れなずんで来た焼跡を見つめていた。

「およろしかったらどうか私の所へお出《い》で下さいな、私、今お邸へ住みこみでございます。――家政婦会の寮も焼けてしまいまして」

そう言ってお咲さんは笑った。

「お邸の奥さまに――おねがいしてみますわ。部屋数も沢山《たくさん》ありますし、何だったら今夜は私の部屋でお休み下さいまし」

芦屋のほんとうの大邸宅街は、阪急や国鉄の沿線よりも、川沿いにもっと浜に向って下った、阪神電車芦屋駅附近にある。山の手の方は新興階級のもので、由緒の古い大阪の実業家の邸宅は、このあたりと、西宮《にしのみや》の香櫨園《こうろえん》、夙川《しゅくがわ》界隈《かいわい》に多かった。ほとんどの家が石垣《いしがき》をめぐらした上に立っており、塀は高くて忍び返しがつき、外からは深い植えこみの向うに二階の屋根をうかがえるにすぎない。その屋根に立つ避雷針の先端の金やプラチナの輝きが、こう言った邸に住む階級の象徴の様に見えた。――そのお邸はこのひっそりとした一角の、はずれ近くにあった。一丁ほど先からはもう浜辺《はまべ》の松原が始まり、木の間をわたる風は潮気をふくんで、海鳴りの音も間近かだった。僕達は薄汚れた姿で、がくがくする足をひきずりながら門の石段を上った。

お咲さんはとりあえず僕達を玄関内に入れ、自分は奥へ行った。広い邸内のずっと奥へ、彼女の足音が遠のいて行くのをききながら、僕と父は敷石に腰かけて黙りこくっていた。ふと背後に人の気配を感じてふりむくと、そこには和服の姿があった。玄関奥の廊下に立ち、薄暗がりの向うからこちらをうかがうようにしていた。その顔は見えず、ただ真白い夏足袋《なつたび》の爪先《つまさき》だけが見えた。その人は声もかけず黙ってこちらを見て立っていた。丁度そこへお咲さんがもどって来て、「まあ奥さま」と声をかけた。——その人は初めて顔を見せた。渋い夏物をきちんと着付け、すらりと背の高い四十位の女の人だった。上品な細面に、色がすき通るほど白く、眼が悪いのか、薄い紫色の、八角形の縁無し眼鏡をかけていた。白粉《おしろい》けがなくて、顔色は青白かったが、髪はきっちりとなでつけていた。お咲さんはその人に僕達の事を話した。その人は能面の様に無表情な顔をやや伏せて、お咲さんの話をきいていたが、そのうちちょっと眉《まゆ》をひそめて呟《つぶや》いた。

「そう、それは困ったわね」

その人が僕達をいやがってそう言っているのではない事は、すぐにわかった。何か僕達を泊めるとほんとうに困った事が起るみたいだった。僕は父の袖《そで》をひこうとした。

「でも——お咲さんの知り合いの方なら……」

その言葉をきいて、父は露骨にほっとした顔をし、思い出したように帽子をとり、名刺などを出してあいさつした。

「こう言う時はお互いさまですから」とその人はしずかに言った。「お咲さんのお部屋、女中部屋でせもうございますし、——お咲さん、裏の方の離れにお床をとってさし上げて。お食事もそちらで上っていただくといいわ」

僕達親子は、その夜六畳ほどの離れで寝かせてもらった。お咲さんは渡り廊下を通って、黒塗りの膳《ぜん》をはこんで来てくれた。僕達は恥ずかしいぐらい食べた。

「たんとおあがりなさいまし」とお咲さんは、ゆらめく蠟燭《ろうそく》の火の向うから、笑いながら声をかけた。

「奥様がそうおっしゃいました。こんな御時世にもったいないんですけれど――この家ではお米に不自由しませんの」

それでも麦が二分ほどまじっていたが、虫食い大豆や玉蜀黍《とうもろこし》、はては豆粕《まめかす》や団栗《どんぐり》の粉まで食べさせられていた僕には、まるでユメのようなものだった。おかずには、薄くて固かったが、とにかく肉が一片《ひとき》れ、それに卵と野菜の煮たのがついた。どれも僕達には、奇蹟《きせき》のような食物だった。

僕達はお咲さんに蚊帳《かや》をつってもらい、しめったかびの臭《にお》いのする、でも爽《さわ》やかな肌《はだ》ざわりの夏蒲団《なつぶとん》にもぐりこんだ。蠟燭を消した真の闇《やみ》の中で、僕はぐたぐたに疲れていたにもかかわらず、いつまでも眠れずにいた。

「何もかも焼けてしまったね」と僕は隣りの父に話しかけた。「教科書も、着物やシャツも……」

「ああ」と父は答えた。

「これから一体どうするの？」

父は一つ溜息《ためいき》をつくと、寝返りを打って背をむけた。――僕には父の困惑がよくわかった。戦争は生活と言うものの持つ、特殊なニュアンスを、その年頃の僕らにもよくわからせてくれた。僕は悪い事を聞いたと思って、口をつぐんだ。僕達は戦争がどうなるかと言う事さえ、考えた事がなかった。毎日生きるのがせい一杯だった。

――大変だったね、お父さん。家がやけて僕よりも何倍か、辛く悲しいだろうね。――僕は父の背にそう言って慰めてやりたかった。それでも明日また足をひきずって工場へ行く事、明日はここを出て、どこか別の宿を探《さが》さねばならない事を思うと、いやでいやで身内が熱くなるのだった。――豊中《とよなか》だか箕面《みのお》だかにある父の会社の寮へ行くのだろうか？　それとも戦災者を収容している小学校の講堂へ行くのかしら？　鍋釜《なべかま》さえないのに――。焼け跡の防空壕《ぼうくうごう》をほり起して、友人の誰彼のようにあの中へすむのだろうか？　僕は考えながら暗闇で眼を見開いていた。その時、僕は何か細い声をきいた。ふと耳をすますと、蚊《か》の鳴く声だった。僕はその甲高い、細い声をきくと身体がむず痒《がゆ》くなって眼がさめてしまうのだった。闇の中でじっとしていると、遠くの潮騒《しおさい》や松風の音がかすかに聞えて来る。――そして、今度こそ、僕ははっきりとその声をきいた。

「父さん……」と僕は囁《ささや》いた。「誰か泣いてるよ」

父は既に寝息をたてていた。しかしそのか細い、赤ン坊のようなすすり泣きは、しんと静まり返った邸内のどこかから、遠く、近く、嫋々《じょうじょう》と絶えいるように聞えてくるのだった。

翌日、帰ったらもう一度そのお邸で落ちあう事にして、僕は工場へ、父は会社へ行った。その日、工場で僕は家が焼けた事をみんなに話した。みんな別に同情したような顔もしなかった。

その日、邸へ帰ると、父は先に帰っていて、お咲さんと話しこんでいた。

「弱ったよ」と父は僕の顔を見て言った。「今日突然うちの工場の疎開の指揮をする事になったんだ。――責任者が空襲で死によって……。一カ月半ほど、疎開先へ出張させられるんだ」

お前はどうする？と父の眼は言っていた。僕はお咲さんと父の顔を等分に見た。お咲さんは笑みを浮かべながら、膝《ひざ》でにじりよって来た。

「それで奥様におねがいしてね。お咲が坊ちゃんの御面倒を見させていただく事にしようと思うんですけど」

僕は黙っていた。

「お前だけなら、とこちらではおっしゃるんだ」と父は言った。

父に行ってしまわれるとなると、今までどんなに自分が心の中で、父を頼《たよ》りにしていたかわかった。たとえ一カ月半でも、心細さに鼻頭が熱くなった。その気配を察してか、父は僕の顔をのぞきこむようにした。

「それとも、学校を休んで母さん達の所へ行くか？――汽車が大変だけど」

「ここにいる」と僕はぶっきらぼうに言った。

「行儀よくするんだよ。――こちらには御病人がおられるらしいから」そう言うと父は立ち上った。

「今夜、行ってしまうの？」と僕はきいた。

「ああ――今夜たつ。帰って来たら、住む所を何とかするよ」

そう言うと父はお咲さんに後を頼んで出て行った。僕は阪神電車の駅まで送らず、邸の門の所から、白い道を遠ざかって行く父の後姿を見ていた。痩《や》せて、少し猫背で、防《ぼう》空頭巾《くうずきん》のはいった袋を腰の所にぶらぶらさせながら歩いて行く父の姿は、何だか妙に悲しく見えた。

会社も無茶だ。戦時中かも知れないが、自宅がやけた翌日に出張させなくてもよさそうなものなのに。だけどこれが戦争なんだ。そのうち敵が本土上陸して来て、もし神風が吹かなければ、僕達は竹槍《たけやり》で闘って、みんな死ぬんだ。今の中学生から思えば、呆《あき》れるほど物を知らなかった僕は、そんな事を考えて、幼い子供のように涙ぐんでいた。父が僕一人をおいて、二号の女事務員のアパートへ泊りに行ったのだなどとは、思いもよらなかった。

僕はお咲さんの部屋には泊らず、例の離れで一人で寝起きした。ひどくかわったのは、食生活だった。とにかく朝と晩には米の飯が食べられる。お咲さんは弁当を持って行けと言ったが、こればかりは断わった。朝晩に米飯を食べていると言うだけでも、友人達に対して後《うしろ》めたかったのである。――動員先の工場での、友人達との生活は、日ましに苛烈《かれつ》なものになって行った。空襲はいっそう激しくなり、B29の編隊は午前中一度、午後一度、そして夜中と、一日三回現われる事も珍しくなかった。三日に一度ぐらいは大編隊が現われて神戸、大阪、そして衛星都市を、丹念に焼き払って行った。その合間に艦載機の低空射撃がまじり出した。工場のつけっぱなしになっているラジオから流れる軍歌やニュースの合間をぬって、苛《いら》だたしいブザーがひっきりなしに鳴り、「中部軍情報……」と言う機械的な声が敵機の侵入を告げる。遠くでサイレンが鳴り、非常待避の半鐘がなり、空がどんどんと鳴り出すと、あちらこちらの高射砲が、散発的に咳《せき》こむような音をたて始める。まもなくおなじみの、ザァッと言う砂をぶちまけるような音だ。するとパンパンポンポンはじける音が四方で起り、僕らは火の海の中を、煙にむせながら山の方へ逃げなければならない。

——毎日暑い日だった。やたらに暑い上に、空気はいがらっぽく焦げた臭いがし、焼跡の熱気は夜の間も冷える事なくこの暑さを下からあぶりつづけた。いらだった教師や軍人は、僕らをやたらに殴《なぐ》りつけた。腹の中は、熱い湯のような下痢《げり》でもって、みぞおちから下半身まで、いつでも一本の焼け火箸《ひばし》をさしこまれているような感じだった。騒音と爆音と怒声、それと暑さの中で、僕達は自分達が炎天の蛙《かえる》の死骸《しがい》のように、黒くひからびて行くのを感ずるのだった。——だが邸の中はちがっていた。植えこみが外界の騒音も熱気も遮断《しゃだん》してしまったように、部屋の中は静かで、いつもひんやりしていた。庭は手入れもうけずに夏草がおいしげってはいたが、泉水の暗く濁った水の底では、尺余りの緋鯉《ひごい》や斑鯉《まだらごい》が、ゆっくりと尾を動かしていた。葉を一杯つけた梧桐《あおぎり》や、枝ぶりの見事なくろ松には、蟬《せみ》が来て鳴いた。その声は邸内の物憂い静寂をかえってきわだたせるみたいだった。――まるで山の中みたいだ、と僕は縁先に腰かけながらぼんやりと思うのだった。電車が通ぜずに工場を休んだ日など、僕は枝折戸《しおりど》から庭をまわって、泉水の傍の石に腰をおろし、何時間も水中をのぞきこんだ。

「あの鯉、知っていますか？」

といきなり声をかけられた事もあった。――後《うしろ》にいつもの通りきちんと帯をしめたおばさん――僕は自分の心の中でそうよんでいた――が立っていた。僕は指《さ》された白っぽい魚を知らなかった。

「ドイツ鯉よ。鱗《うろこ》がところどころしかないの――一種の片輪ね」

とおばさんは言った。

「でも片輪の方が値打ちのある事もあるのよ」

好奇心などというものを、持つだけの体力もなくなっていた僕だったが――そう言えば、いつか工場の帰路、焼跡の瓦礫《がれき》の上に坐って、腹をむき出し、片手に抜き身の日本刀を持ってしきりにと見こう見している人物を見た事があった。僕達は一瞥《いちべつ》しただけで通りすぎた。その男が腹を切るつもりだったのか、あのあと本当に切ったのだろうか、と不思議に思ったのは、終戦後五年もたってからである――しかしおばさんと、この邸だけは、時折り不思議に思う事があった。この広い、間数の多い邸の中で、おばさんと、その病人とやらのたった二人だけで住んでいるのだろうか？　男と言うものはいないのだろうか？ それにおばさんは、もんぺなどはいた事もなく、いつもきちんと和服姿だった。外に出ないからいいとは言え、あの意地の悪い防護団や隣保《りんぽ》の連中が、何故《なぜ》ほうっておくのだろう？ この家には火たたきも、防火砂もなかった。やけ出されて家のない連中が沢山いるのに、これだけ広い家にたった二人で住んでいて、どこからも何も言われないのだろうか？ 金持ちらしいけれど、食糧はどこから手に入れるのか？――この最後の疑問だけは、ちょっと手がかりがあった。ある夜――その夜も停電だったが、裏口から頰《ほお》かむりをした男が、何かをかついでこっそりはいって来た。僕は離屋《はなれ》の窓からそいつの姿を見た。月明りでちらと見えた顔は、ひっつり眼だった。その翌日、僕は何日ぶりかで肉にありついた。――しかしこれらの疑問は、漠然《ばくぜん》と僕の胸に去来しただけで、それを追究するだけの気力はなかった。むしろ時折り、母屋《おもや》の二階の方から聞える、あの泣き声の方が気がかりなくらいだった。

「病人って、女の子だね」と僕はお咲さんに言った。

「とても痛そうに泣いている」

「坊ちゃん、おききになりまして？」とお咲さんは暗い眼付きをして呟いた。それからこわいようなきっぱりした態度で言った。

「母屋の方へは、あまりいらっしゃらないようにして下さいね」

「病人って、いくつぐらいの人？」

「存じません」とお咲さんは思いに沈むように顎《あご》を落して首をふった。「私もまだ、お目にかかった事がないんです」

それからもうひとつ――この邸の中にはラジオがなかった。そのころはタブロイド版になってしまっていた新聞さえとっていないようだった。ラジオがあってもどうせ停電続きで、電池式でなければきけなかったろうが、僕は戦局についてのニュースを知りたかった。工場ではいろんな噂《うわさ》が流れていた。大抵は新兵器の話とか、敵を一挙にせん滅する新型爆弾やロケットの話だったが、中にはアメリカで暴動が起るとか、戦争がもうじき終るとか言う妙な噂も流れていた。

西宮大空襲の夜、僕は起き出して行って、東の空の赤黒い火炎と、パチパチとマグネシウムのようにはじける中空の火の玉を見つめた。僕はいつもの習慣でゲートルをまいたまま寝ていたが、その夜ばかりは阪神間も終りかと思って、いつでも逃げられる用意をした。

「こちらにも来ますでしょうか？」ともんぺ姿のお咲さんがきいた。

「近いよ。今やられてるのは東口のへんだ」と僕は言った。「この次の奴が芦屋をねらうかも知れない」

「だんだん近くなりますね」とお咲さんは呟いた。「あれは香櫨園あたりじゃありませんか？」

ふと横に白いものが立った。見ると浴衣《ゆかた》姿に茶羽織をはおったおばさんが、胸の所で袂《たもと》を重ねあわせて、西宮の空を見上げていた。

「いいえ、大丈夫」とおばさんは静かな声で答えた。「もう一回来て、それでおしまいです。ここは焼けません」

僕はその声をきくと、何だかうろたえた。おばさんは頭が変なのじゃないかと思ったからだ。だがおばさんの顔は能面の様に静かだった。ふち無し眼鏡の上には、赤い遠い炎がチラチラ映っていた。

「この空襲よりも、もっとひどい事になるわ」とおばさんは呟いた。

「とてもひどい……」

「どこが?」と僕はききかえした。

「西の方です」

「神戸ですか?」

「いいえ、もっと西……」

そう言うとおばさんは、突然顔をおおって家の中へはいってしまった——僕は明け方近くなって、離屋へ帰った。途中、庭先からふと母屋の方をのぞくと、戸をあけはなした灯のない部屋の真中に、白い姿が見えた。おばさんは十畳の部屋の真中に、きちんと坐っていた。三キロ西では、空を蔽《おお》いつくすほどの黒煙と火炎が立ちこめ、火の起す熱い風が灰燼《かいじん》をまき上げていた。その風の底に、火の手にまかれた人々の阿鼻叫喚《あびきょうかん》が聞えて来るようだった。おばさんは端坐したままその遠い叫びに耳をかたむけているみたいだった。――しかし庭をはなれる時そうでない事がわかった。鍵《かぎ》の手に折れた母屋の、向う側の二階から、ぴったりとざされた窓を通して今夜もあのすすり泣きが聞えて来るのだった。

翌日から僕は下痢で工場を休んだ。離屋には便所がなかったので、僕は何度も母屋への渡り廊下を往復した。下《しも》便所があったが僕は母屋の庭ぞいの長い廊下を突っきって、階段の横手にある客用便所へ行った。――それは僕の我儘《わがまま》でもあり、この邸の豪勢さに対する反抗でもあった。母方の祖父の家は埼玉の豪家だった。僕は幼い時にそこを訪れて数多くの小作人や下男達にちやほやされ、その十の蔵まである広い邸囲いや、二百年も経た古い椽《たるき》に漠然とした誇りを感じた。今この大きな邸の中にいて、妙に気圧《けお》される感じをうけるのが癪《しゃく》にさわったのだ。それに好奇心もあったのは確かだ。これだけ広い邸、廊下の向うがせばまって見えるほどの邸の中に、あれだけの人数と言うのはどうも納得できない。――便所へ行くのはちょっとした冒険気分だった。黒光りする廊下を僕はお咲さんも拭《ふ》き掃除が大変だろうなと思いながら、歩いて行った。途中で両側の部屋に耳をそばだててみたが、どの部屋の障子もぴったりとざされて人の気配はどこにもなく、黒ずんだ障子の桟には薄い埃《ほこり》がたまっていた。曲り角で、不意に何かに出くわしてびっくりすると、そこには古い木彫の仏像がひっそりと立っていたり、くわっと口を開いて声の無い笑いをたてている、青銅製の伎楽面《ぎがくめん》が壁にかかっていたりした。便所の向かいの壁には、古木を使った扁額《へんがく》がかかっていて、はげた胡粉《ごふん》の文字で、鬼神莫二と読めた。——一体どう言う意味だか、未《いま》だにわからない。

奥便所は男便所の反対側にあり、総畳の四畳半だった。砂刷《すなず》りの壁に三方に櫺子《れんじ》窓があり、青畳が明るく冴えていた。天井は杉柾目《まさめ》の舟形造り、便器は部屋の中央にあり、黒漆塗りで、同じ黒漆塗りの蓋《ふた》には、金泥《こんでい》で青海波《せいがいは》が描かれてある。籐編《とうあみ》の紙置きには水晶製の唐獅子《からじし》をかたどった紙鎮《しちん》がおかれ、便器の正面には赤漆塗りで高さ一尺ばかりの猫足《ねこあし》の台があり、その上の青磁《せいじ》の水盤には、時に河骨《こうほね》が、時に水蓮《すいれん》が活《い》けられてあった。丁度東北にあたる隅《すみ》には、二尺ほどの高さの黒柿の八足《やつあし》があり、銀製の香炉がのっていて、そこからはいつも、馥郁《ふくいく》たる香が立ちこめていた。客便所の掃除は、お咲さんの重要な日課の一つらしかった。僕はお咲さんがちりとり一杯の杉の青葉をもって歩いているのを見た事がある。そして奥便所の便器の蓋をとると、底も知れぬ暗闇の中から、いつもぷんとま新しい杉の葉の香がした。この豪勢な、広い便所の真中で、一人坐って、豆腹《まめばら》の下痢をぶちまけるのは、ちょっと痛快な気分だった。しかし僕が一番驚いたのは、客便所の外で二階からおりてくるお咲さんにばったり出会った時だった。何故だか知らないが、お咲さんは腰のぬけるほど驚いて、手にもった洗面器を半分とりおとしかけながら叫んだ。

「まあ、坊ちゃま！——坊ちゃまでしたの！」

彼女はまっさおになり、はあはあ息をはずませていた。

「こんな所へいらっしゃるなんて……」

「来ちゃいけないのかい？」と僕は反抗的に言った。

「そんな事はございませんけど……」

そう言ってお咲さんは、ようやく手にした洗面器を持ちなおした。その中からは、ぷうんと腐ったような臭《にお》いがした。僕がのぞきこもうとすると、お咲さんはあわててそれを横に隠した。

「ごらんになっちゃいけません」と彼女は呟《つぶや》いて、足早に立ち去ろうとした。僕はお咲さんがひきずっているものを見て声をかけた。

「繃帯《ほうたい》、ひきずってるよ」

お咲さんはふりむいた。その拍子に洗面器の中味がまる見えになった。それは洗面器一杯の、血と膿《うみ》に汚れた、ひどい悪臭をはなつ繃帯だった！　お咲さんはすっかり狼狽《ろうばい》して、台所の方へ走り去った。

僕は何か異様な感じにつきまとわれ出した。あの女の子の病気は何だろう？　ひょっとすると、――あの業病《ごうびょう》かも知れない。そう思うと、僕は身うちがむずがゆくなった。あのおばさんの、蚕が上る時のような透き通る肌《はだ》も、その業病を暗示するみたいだった。

僕は我慢できなくなって、その日の午後台所へ行って見た。大きな、暗い台所をこっそりのぞくと、お咲さんは大釜《おおがま》に湯を沸かして繃帯を煮ていた。そして傍《そば》には、先刻繃帯のはいっていた、さしわたし六十センチもありそうな大きな洗面器がおいてあり、その中には胸のむかつくような臭いのする、どろどろしたものが、なみなみとはいって、湯気をたてていた。そのげろのような汚ならしいものは、たしかに食物だった。――僕が声をかけると、お咲さんはまたびっくりして、今度は少しきつい眼で僕をにらんだ。

「男のお子さんが、台所などのぞくものじゃありません」とお咲さんは言った。

「お咲さん、あの女の子の病気、何なの？」と僕は負けずに言いかえした。「癩病《らいびょう》だったらどうするんだ？」

「坊ちゃま！」とお咲さんは真顔でたしなめて、手をふきふきこちらへやって来た。僕達は上《あが》り框《がまち》に腰をおろした。

「ねえ、坊ちゃま、人様の内輪の事をいろいろと詮索《せんさく》するのは、よくないですよ」

「でも、もし癩病だったら？」と僕は言った。「おばさん、病人をかくしてるし、お咲さん以外の人は居付かないじゃないか。きっとそうだよ。癩病がうつったらどうする？」

「お咲には癩病はうつりません。うつったって平気でございます」とお咲さんは祈るような声で言った。「お咲には神様がついております。――光明《こうみょう》皇后様のお話、御存知ですか？」

「だって、あれは伝説だよ。癩だったら隔離しなきゃいけないんだ」と僕は言いはった。

「でも、坊ちゃま、――これだけは申せます。あの御病人は癩じゃございません」

「じゃ、何なの？」

「わかりません――。でも、奥様はお気の毒な方です」

「こんな大きな邸《やしき》に住んで、あんな贅沢《ぜいたく》して、何が気の毒なもんか！」僕はとうとう叫んだ。それは嫉妬《しっと》が、例の「聖戦遂行意識」とないあわされた――戦時中誰もが抱《いだ》いていたあのいまわしい、卑劣で底意地の悪い憤懣《ふんまん》の爆発だった。「あの人、非国民だ！　闇をやってる。もんぺもはかない。働きもしない！　憲兵に言ってやるぞ」

「坊ちゃま！」とお咲さんはおろおろ声でたしなめた。

「じゃ大きな声出さない。憲兵にも言わない」僕は卑劣なおどしをかけた。憲兵なぞ、僕らにとってもよりつきも出来ない恐ろしい存在だった。だが僕はお咲さんの無知にやまをはった。「そのかわり、あの洗面器の中、あれ何だか教えてよ」

お咲さんは青ざめて口をつぐんだ。僕はなおもおどしたり、懇願したりした。――僕は何といういやな少年だったか！　あれだけ上の連中にいためつけられながら、或《あ》いはかえっていためつけられていたが故《ゆえ》に、ちゃんと権力をかさに着て、その幻影でもっておどしをかけ、我意を通す事を知っていたのだ。お咲さんは動揺し、ついにそれが、いろいろの物をまぜた食物だと言う事を白状した。

「私、ほんとうに何も知らないのです」とお咲さんは言った。「私が行けるのは、お二階の、あの鍵の手の所までです。そこへ一日三度、あの洗面器一ぱいの食物をおいておきますと、一時間ほどで綺麗《きれい》にからっぽになって、かわりにあの、汚れた繃帯がはいっているのです」

そう語ったお咲さんの顔は、苦痛に歪《ゆが》んでいた。脅迫でもって、お咲さんを裏切らせてしまった事に対し、僕の心は鋭くいたんだ。しかしそのために、僕はかえって意地悪くなった。

「お咲さん、あの子の病気、知ってるんだね」と僕はかまをかけた。

「うすうす存じております――だけど、これだけは坊ちゃまにだって申し上げられません、坊ちゃまにお話しただけで、私、こちらの奥様に申し訳けない事をしたんでございますから」

お咲さんの毅然《きぜん》とした態度に、今度は僕が鼻白《はなじろ》む番だった。おとなの反抗に出あえば、生意気な少年の我儘など、あえないものだ。

「よろしゅうございますか、坊ちゃま」いつの間にか板の間にきちんと正座したお咲さんは、背をまっすぐにして、正面切って僕を見つめた。僕は少し小さくなった。「どんな事があっても、お二階をおのぞきになろうなどと言う気を、お起しになってはいけません。もし、そんな事をなさって、将来坊ちゃまが御不幸にでもなられたら……」

お咲さんの訓戒が身にしみてか、僕はしばらくその「秘密」に近づきたいと言う気を起さなかった。だが今度は秘密の方から僕に近づいて来るようだった。――一日二日たったある日、奥の間からピアノの音がきこえて来た。僕はひさしぶりにきく楽器の音にさそわれて、庭から母屋の奥へとまわって行った。ひいているのはおばさんだった。一番奥の一つ手前の十畳に、アップライト型のピアノがおかれ、おばさんは細いきれいな声で歌っていた。その歌の文句は、うろおぼえだが、こんなものだった。

時代のゆうべは　ややに迫りぬ
見ずや地の上を　あまねく覆《おお》いし
黒雲はついに　雨と降りしきて
いなずまひらめき　いかずち轟《とどろ》く
たのしめる人　おののき恐れよ
たかぶれる者よ　かしこみ平伏《ひれふ》せ……

おばさんは僕の姿を見ると、にっこり笑って、
「良夫さん？」と声をかけた。「こちらへいらっしゃいな」僕はこの前の事にちょっと後めたさを感じたが、それでもおばさんと二人きりになる事に、くすぐったい好奇心が湧《わ》いた。十畳の間にあがると、おばさんは魔法瓶《まほうびん》に入れた冷たい紅茶をコップについでくれた。
「毎日大変ね」とおばさんは畳みかけの着物をわきにどけながら言った。「私は毎日退屈してるの。——申し訳けないみたいだけど」僕はお咲さんがあの事を喋《しゃべ》ったのかな、と思ってびくびくしていた。——眼をそらして畳みかけの着物に眼をやると、それは赤

い綸子《りんず》模様の、十三、四の女の子の着るような、着物だった。

「あなたのような若い方達が――本当にお気の毒だわ」

「気の毒なんて事じゃありません」と僕は気負いこんで言った。「僕等の義務です。上級生なんか、予科練へ行って、もう特攻で死んだ人だっているんです。僕らだって今に玉砕《ぎょくさい》するんです」

おばさんはその時謎《なぞ》めいた微笑を浮かべた。だがその微笑の暗さと寂しさとに、僕は背筋が寒くなるような気がした。

「そんな事にはならないのよ。良夫さん」とおばさんは言った。「決してそんな事にはならないの。もうじき何も彼《か》も終ります」

「そんな事、何故《なぜ》わかるんです」僕はむきになって言った。

「敵は沖縄を占領しています。機動部隊は小笠原《おがさわら》からもフィリッピンからも来ています。――きっと上陸して来ますよ。そしたら、ここらへんも戦場になりますよ」そして僕は少し息をつぎ、おばさんにあたえる効果について、意地悪くおしはかって言った。「そうなったら、この家だって焼けちまうにきまってます」

突然おばさんはきれいな声をたてて短く笑った。

「この家は焼けないわ」とおばさんは、手の甲でそっと口もとを押えて言った。「焼けない事になっているの。――空襲の度《たび》に、私が逃げ出さないので、不思議に思っているでしょ。でもあたりが全部焼野原になっても、この家だけは大丈夫なのよ。守り神がいるんですもの」

「でも、神戸の湊川《みなとがわ》神社だって焼けてましたよ」と僕は言った。

「神社だって、空襲なら焼けるわ。でも、この一画は空襲されないんです。――それはこの邸があるからです」

その時、恐ろしい考えが僕の頭に閃《ひらめ》いて全身がカッと熱くなったのに、心臓は氷で突き刺されたように、冷たくちぢみ上がった。その考えは全く辻褄《つじつま》があうように思えた。――何故この邸が空襲されないのか？　何故おばさんは、何もせずに、こんな邸に一人で生活できるのか？　二階に誰をかくしているのか？　僕は硬《かた》くなりながら、思い切って言った。

「おばさん――おばさんはスパイじゃないの？」

だが今度はおばさんは笑わなかった。消え入りそうなわびしい影が、その顔をかげらすと、美しい横顔を見せてスラリと立ち上った。柱によると、青く灼《や》けただれた空を見上げながら、ポツリと言った。

「そんなのだったら、まだいいけど……」

とけたガラスの様な夏空に、空襲警報のサイレンがまた断続してなりわたり始めた。積乱雲をゆるがすようなそのひびきと共に、それを真似《まね》るような遠吠《とおぼ》えが、邸のどこかからきこえたように思った。――だがそれは空耳らしかった。どこかで牛か犬が鳴いたのかも知れない、と僕は思った。

「この家には守り神がいるのです。それはこの家の劫《ごう》なの。——良夫さん、劫って知ってる?」

おばさんは柱にもたれたまま、うつろな声で語り出した。

「おばさんの家はね、田舎《いなか》のとっても古い家なの。古くって大きいのよ。九州の山の中にあって、大きな、大きなお城みたいなお邸なんです。山も畑もうんとあって、小作人も沢山いました。だけど、その大変な財産には、いろんな人達、いろんなお百姓達の怨《うら》みがこもってるんです。その怨みが、何代も何代もつみ重なったもの——それが劫なのよ」

僕はいつかきちんと坐って唾《つば》をのんでいた。おばさんは静かに経文を誦《ず》すように語り続けた。

「おばさんの御先祖はね——もと切支丹《キリシタン》だったんです。だけどしまいにはほかの切支丹の人達の財産をとり上げるために、次から次へと役所に密告しました。お役人と結託して、切支丹でない人まで、切支丹にしたてて牢屋《ろうや》へ入れては、その人達の田畑や邸をとり上げました。——そう言った人達の怨みがこもって、私の家では、女は代々石女《うまずめ》になったんです。たまに生まれても、赤ちゃんは三日とたたないうちに死んでしまうの」

でもおばさんは——と僕は言いかけて、口をつぐんだ。

「おばさんの夫のお家も、やっぱり東北の方の旧家なの。代々長者と言われる家なんだけど、どの代の人も、とてもひどく小作人や百姓達をいじめたんですって。年貢《ねんぐ》をおさめない村があると、その村の女や子供達を、狼《おおかみ》の出る山へ追いこんで、柴《しば》や薪《まき》をとらせたり、村の主《おも》だった者を逆さに吊《つる》して、飢えた犬をけしかけたりした事もあると言ってたわ。でも殿様の遠い血筋をひいてるし、お役人とも結んでいたので、やっぱりどうにも出来なかったんです。──そのかわり、その家でも代々長男は、跡をとってまもなく、気が変になったり、おかしな死に方をするんです。

そのおじさん──おばさんの夫の家にも、やっぱり守り神がいるの。気が変になった当主にだけ、その守り神が見えるのよ。だけど、守り神なのに、その姿は獣の恰好《かっこう》をしていて、とても恐ろしいんですって。その守り神の姿を見ると気がふれたようになって、お百姓を殺したり、無茶をしたりするようになるんです。私は夫の国もとの邸へ行って、夫の父が座敷牢へ入れられてるのを見たわ。その齢《とし》をとった人は血走った、真赤な眼をして、口から涎《よだれ》をたらしながら、四つん這《ば》いになって、け、も、の、が来る、べこが来るって、叫んでいたわ。

だけどそれがやっぱり守り神なの。一度御先祖の一人が、あまりひどい事をしたので、とうとう怨んだお百姓達におそわれて、もうちょっとで殺されそうになったの。するとその守り神が、黒い大きな獣の形をして、百姓達をけちらして、その御先祖を救ったんですって。それから近郷が全部やけた火事の時も、その守り神が、夫の家邸だけを焼けないように守ってくれたと言う事なの。──だけどその時は、守り神が主人にむかって言ったんですって。俺《おれ》はお前達の一族に苛《いじ》めぬかれて死んだ百姓達の一人だ。怨みがつもってお前の家にとりついたが、そのかわり、お前の家や財産は守ってやるって……」

僕は息をつめて、おばさんの話をきいていた。晴れわたった空に待避信号の半鐘が鋭くひびき始め、遠い雲の彼方《かなた》から、地鳴りの様な慄音《りつおん》が聞え始めた。

「私の夫は、早くから家を出たので、気もちがわずにすみましたし、まだ外地で生きています。――そのかわり、夫は支那《シナ》や外地でやっぱり沢山の人を殺したらしいわ。そう言う夫と結婚したので、この家にも守り神が来たんです。その守り神が、この邸を守ってくれるの。――あの子が、その守り神なのよ。……守り神って言うのは、この家につもりつもった劫《ごう》なの。その劫がこの家をいろんな災難から守ってくれるのよ。考えてみたら妙な話ね。私達、幾代にもわたった、幾百万もの人達の怨みでもって守られているの」

その時、最初の爆弾が、どこか遠い地軸をゆり動かした。おばさんは、つと柱を離れると、再びピアノに向って、静かに弾《ひ》き始めた。その歌は、何故だか僕もよく知っていた。マーラーの「死せる我が子にささげる悲歌《エレジィ》」だった。――外の激しい空襲も忘れて、僕はペダルをふむおばさんの美しい白足袋《しろたび》の爪先に見とれていた。おばさんがその歌を、誰かに向って聞かせるために歌っているのだと言う事をさとったのは、暫《しばら》く後だった。庭先を見上げると、鍵《かぎ》の手になった斜め向かいの二階の窓が、――いつもぴったりと閉ざされている窓障子が、わずかに開き、その向うに黒い影がじっと聞き耳をたてているのが見えたのだ。

戦争は、その頃から何だか異様な様相をおびて来た。戦争自体が不吉な旋《つむ》じ風《かぜ》となって、火と灰燼《かいじん》をまき上げながら、夜となく昼となく、ただ一面にびょうびょうと吹きすさんでいるみたいだった。その激しい風音の向うから、とらえがたいかすかな叫びが聞えて来るような気がしたが、それが何であるかは、わかっているようで、言いあらわせなかった。その声の一つは、こう言った。伊勢《いせ》の方にあるならずの梅と言う木が、今年は実を結んだ。だから戦争はもうじき終るのだ。日露戦争の時もそうだった、と。それからこうも言った。どこどこの神社の榎《えのき》の大木が、風もないのにまっ二つに折れた。有名なお告げ婆《ばあ》さんが、戦争は、敵味方どちらも勝ち負けなしに、終ると言った。あるいは、山陰かどこかで、二つの赤ン坊が突然口をきき始め、日本は負けると言った、とか。

僕らはそんな話を信じはしなかった。

しかし同時にその風の叫びの様な叫びの底にあるものは、僕らの胸にひびいて来た。大本営が信州に出来る、天皇はもうそこへうつられたか、近々うつられるはずだ、と言う事を僕らに教えたのは誰だったたか。銀行は既に敗戦を予期して、財産を逃避させ始めていると教えてくれたのは、たしか銀行家の息子だった。僕らはそいつの話を固唾《かたず》をのんできき、きき終ると非国民だと言って、よってたかって殴《なぐ》った。それから眉唾《まゆつば》ものの秘密情報好きの工員が、例のもっともらしいひそひそ声で、日本が用意している恐るべき新兵器の事を教えてくれた。それは大変な破壊力を持っていて、敵の機動部隊や上陸部隊、また飛行機がどれだけやって来ようとも、そんなものは一挙に破滅させる事が出来る。大本営はそれを最後の決戦兵器としてかくしているのだが、その破壊力があまりに大きく、味方の方にまで恐るべき損害がおよぶので、最後の最後まで使用するのをためらうと同時にそれを使用する機会をはかっているのだ、と言う事だった。

一方本土決戦についての話も、華《はな》が咲いた。九州に最初に上陸するか、九十九里浜かで、僕等はいつも議論した。——その議論を、横できいていた、朝鮮人の徴用工が、あとで僕をわきに呼んで、まじめな顔できいた。

「もし、アメリカが上陸して来たら、あんたら、どうするか？」

「勿論《もちろん》竹槍《たけやり》もって特攻さ」と僕は言下に答えた。それからその馬面《うまづら》の四十男にきき返した。「朝鮮人はどうする？」

彼は、ちょっと考えてから、うなずくように言った。

「朝鮮人も同じだ」

時折りB29が、単機で侵入して来て小馬鹿にしたように、かなり低空をとびながら、ビラをまいて行った。僕等の仲間でそのビラを拾ったものはなかったが、他校の生徒で、それを拾ったために憲兵にひっぱられたと言う話をきいた。そのビラにはポツダム宣言とか言う事が書いてあると言う話だったが、誰もその名に注意を払わなかった。

「坊ちゃま、本当にこの戦争はどうなるんでしょうね？」とお咲さんも時折り溜息《ためいき》まじりに言った。僕だけでなく、女中部屋に飾ってある戦死した息子にも問いかけていた。

——海軍下士官の軍服を着た、子供子供した青年だった。

そんなある日、おばさんが僕を廊下でよびとめた。

「良夫さん、あなたの御家族、どちらに疎開なさったかしら？」

「父の郷里です」と僕は言った。「広島です」

「広島？」と言っておばさんは眉をひそめた。「広島市内？」

「いいえ郡部の、山奥の方です」

「そう、それじゃよかったわ」とおばさんはほっとしたように言った。——いつかの空襲の夜に、おばさんの言った、もっとひどい事、八月六日の原爆投下の起ったのは、その翌日の事である。

その六日の夜、僕は便所に行く道すがら、おばさんがいつも開けていない部屋にはいって、仏壇に燈明をあげ、数珠《じゅず》を手に合掌しているのを見かけた。

「夫が死にました」とおばさんは、いつもの静かな声で言った。

「満洲で——」

ソ連の対日参戦は翌日、八月の七日だった。そしてその日はまた、お咲さんがどうしたはずみか廊下にとり落して行った、汚れたガーゼを見つけ、それに血と膿と一緒に、太い、茶色の、獣の毛のような毛がいっぱいついているのを発見した日としておぼえている。

そして十三日の夜がやって来た。その夜、珍しくおばさんの方から、茶の間に僕とお咲さんを呼んだ。一本の蠟燭《ろうそく》の火のゆらめく中で、おばさんは何故だか眼を泣きはらしていた。

「お咲さん、良夫さん……」とおばさんは、少しくぐもった声で言った。「戦争は終ったのよ、日本は負けました」

僕は何かがぐっとこみ上げて来て、おばさんをにらみつけた。

「お咲さん、長々御苦労さまでした。まだお邸にいてもらっても結構ですけど、もうあの子の世話はいりません。良夫さんもここにいていいのよ、だけどもうじきお父さんがおむかえにいらっしゃるわ」

そう言うと、おばさんは暗い方をむいて呟いた。

「あの子の生命《いのち》も、日本が負けたら長くないわ……」

「どうして負けたなんて事がわかるんです」と僕は叫んだ。「そんな事ウソだ！　政府は何も言ってやしないじゃありませんか。軍は一億玉砕って言ってるじゃありませんか！　日本は負けやしない。負けたなんて言う奴《やつ》は非国民だ！　国賊だ！」

「あの子が言ったのです——明日は、もう空襲がありません」とおばさんは向うをむいたまま、静かに言った。「負けたからです。——でもその事を陛下がお告げになるのは明後日になります」

僕は部屋をとび出した。おばさんの畜生！　日本が負けるもんか、負けてたまるか！と心に叫びながら。——だが、感情に激した僕の足を、いきなり金縛《かなしば》りにしたのは、あの暗い二階から聞えてくる泣き声だった。それは今夜はひときわ高く、まるで身をよじってもだえるように、告別の悲哀と苦痛に堪《た》えかねるように、長く長く尾を引くのだった。

そして、誰でも知っているように、すべてはおばさんの言った通りになった。僕等は当日、玉音をきいても何もショックも感じなかった。ただ始めてきくその人の声が、妙に甲高《かんだか》く、ききとりにくいのが気になっただけだった。事態をのみこむのに随分かかり、放送をきいた後でも、みんなはいつもの通り作業にかかった。だが砂地に水がしみこむように、日本が負けたと言う声がみんなの中にしみとおって行き、工場は次第次第に鳴りをひそめて行った。——午後の三時には一切の物音が絶え、みんな薄馬鹿のように天を仰ぎ、あちこちに固まって腰をおろし、手持ち無沙汰《ぶさた》に欠伸《あくび》したり、頭をごしごしかいたりした。僕もまた、ボケたようになって邸へ帰って来た。だが、離れに坐ると、突然わけのわからない憤懣《ふんまん》がおこって来て、教練教科書をひきさき、帽子をなげつけた。何もかもぶちこわしたかった。誰かをつかまえて、この何とも形容のしがたいやるせなさをぶちまけたかった。僕は離れをとび出し、台所へ行ってお咲さんを呼んだ。——返事はなかった。それから、あの癪《しゃく》にさわる予言をしたおばさんをつかまえようと、長い廊下をどすどすと走りまわった。いつも閉ざされている障子襖《ふすま》を、音をたてて開けると言う乱暴までした。だがおばさんの姿もなかった。無人の邸は森閑と静まりかえっていた。——いや完全に無人ではなかった。「あの子」がいた。その日もまた、あの二階の部屋から、細い、悲しげな泣き声がもれていたのだ。咄嗟《とっさ》の間に、僕はおばさんが守り神と言った、あの子の顔を見てやろうと思った。既に僕の中には、その後何年も続いた冒瀆《ぼうとく》の衝動の兆《きざし》が芽生《めば》えていたのだ。あんな予言をしたから、日本が負けたんだ、と言う考えが。

僕は二階への階段をかけ上った。おばさんがあれほど秘密にしていた、あの娘の、業病にくずれた顔を見てやる、と僕は思った。ためらい続けた好奇心が、復讐《ふくしゅう》めかした冒瀆の衝動によって爆発した。僕は鍵の手の廊下を走り、二階の一番端、今も泣き声のもれる部屋の障子を一気にあけたのだ。

その時、僕の見たもの、それは、——赤い京鹿子《きょうかのこ》の振袖《ふりそで》を着て、綸子《りんず》の座布団《ざぶとん》に坐り、眼をまっかになきはらしている——牛だった！　体付きは十三、四の女の子、そしてその顔だけが牛だった。——額からは二本の角がはえ、鼻がとび出し、顔には茶色の剛毛が生え、眼は草食獣のやさしい悲しみをたたえ——、そしてその口からもれるのは、人間の女の子の、悲しい、身も消えいらんばかりの泣き声だった。片方の角の根もとには、血のにじんだ繃帯がまかれ、顔を蔽《おお》ったその手にも、五本の指をのぞいて、血と膿のにじんだ繃帯が、二の腕深くまかれてあった。ぷん、と血膿の臭いがした。そして家畜の臭いも。——僕は息をのみ、眼をむいたまま、その怪物を前にして立ちすくんでいた。

「見たのね」その時後で冷たい声がした。障子をピンと後手にしめて、おばさんが立っていた。能面のような顔の影に、かすかに憂悶《ゆうもん》の表情をたたえながら。

「とうとう見てしまったのね。その子は――くだんなのです」

　それがくだんだったのだ。くだんは件と書く。人牛を一つにしてくだんと読ませるのだ。くだんは時々生まれる事がある。が大抵親達がかくしてしまう。しかしくだんには、予言の能力があるのだった――おばさんはその事を話してくれた。石女《うまずめ》と思われたおばさんが、たった一人孕《みごも》った女の子が、この件《くだん》だったのだ、と。生れた時から角があり、それが段々のびるとともに、顔が、牛そっくりになって来た。角の生えた人間が生れる事があると言う事は、ちゃんとした医学の文献にも出ている。皮膚の角質が変形したり、骨が変形したりするのだそうだ。昔はこんな人間を、鬼として恐れたのだろう、と。

――だがくだんはちがう。くだんは根っからの怪物で、超自然の力があるのだ。これに該当するのはギリシャ神話のクレタ島のミノタウルスぐらいではあるまいか。くだんは歴史上の大凶事が始まる前兆として生まれ、凶事が終ると死ぬと言う。そしてその間、異変についての一切を予言すると言うのだ。この事は、おばさんから黙っていてくれとたのまれた。おばさんの家で、件を見たと言う事も、この話一切を黙っていてくれ、と強く念を押された。でないと、僕の一家にも不幸が起ると言うのだ。だから僕はずっと黙って来た。お咲さんにさえ、一言も喋らず、口を閉《と》ざして来たのだ。だがあれから二十二年たった今、僕はあえてこの話を公けにする。そうする事によって、僕はこれを読んだ人々から件についての知識を、少しでもいいから、得たいのだ。誰か件についてくわしい事を知らないだろうか？　あのドロドロした食物は一体何だか知っている人はいないだろうか？　件を見たものは件をうむようになると言うのは本当だろうか？——僕は切羽つまってこの話を発表する。今度始めて生まれた僕の長女に、角があったのだ！——これもやはり、大異変の前兆だろうか？

倅《せがれ》解体《かいたい》

平山夢明

私の家には怪物がいる。階段をのぼった左奥の部屋にそれはいて、身長百八十七センチ、体重は百二十キロを優に超えているはずだ……。私と家内であれを造った。私から放たれた蛋白性《たんぱくせい》遺伝子が家内の胎内で結実し、肉体を得た奴《やつ》は十月十日《とつきとおか》を待たずして母の子宮を破って出た。思えば産まれ方からして我《わ》が儘《まま》な生き物だった。産院に付き添っていた義母から職場へ電話のあった夜のことは忘れない。錯乱気味にわめき立てるだけの義母では全く要領を得ず、代わりに出た看護師から妻の胎盤が剝離《はくり》していること、母胎内の子供は既に仮死状態であることを聞いた。

『胎盤早期剝離と言います。一刻も早く出さなければ赤ちゃんは死にます』

看護師の声は冷静というよりは他人事《ひとごと》の響きがあった。

「それでは出して下さい。そちらの仕事でしょう」

『……出せます。ですがひとつだけ問題があります。麻酔が打てません』

「なぜです」

『おかあさんに全身麻酔をかければ赤ちゃんにも影響が及びます。今の状態では赤ちゃんは窒息死します』

「それでは意味がない。あなたは婦長さん？　それとも平の看護師《ナース》？」

『ヒラです。でも、この仕事は既に十年しています。おとうさん、赤ちゃんを生かすためには麻酔がかけられません』

「それなら仕方ないでしょう。全てのお産が麻酔をするわけではありますまい」

『それはそうですが、奥さんは帝王切開しなければならないのです。上皮、真皮まではメスでも比較的容易に切開できますが、その先にある筋肉や子宮本体は外科鋏《げかばさみ》でなければ切れません。人間に耐えられる痛みだとは考え難《にく》いのです』

鈍い音が聞こえた。卒倒した義母が診察室の床に軀《からだ》をぶつけた音だったという。

「つまり生きながら子宮を直接、鋏で切られるわけですね」

『そういうことになります』

「なにか痛みを和《やわ》らげる手立てはありませんか」

『あります。赤ちゃんをお諦《あきら》めになるのであれば全身麻酔を施しますので痛みはありません。即答できる問題でないことは重々、承知しておりますが、いずれにせよ早急に対処しなくてはならないものですから……』

私は相手を待たせつつ、煙草《たばこ》を一本吸い切るまで熟考し、「本人に訊《き》いてください」と告げ、電話を置いた。心配だが、どうすることもできない。なにしろニューヨークにいたのだ。

翌朝、義母から手術が無事に済んだこと、しかし、母子ともに絶対安静の状態が続いていることなどが、くどくどしく駐在先であるニューヨークのアパートの留守電に残されていた。

それが三十三年前。つくづくあの時のことが悔やまれる。風呂上がりなど、たまに覗《のぞ》く五十半ばの家内の皺腹《しわばら》には今も赤棟蛇《やまかがし》が取り付いたような赤黝《あかぐろ》い傷が陰毛から臍《へそ》へとのたくり、そこだけは歳《とし》を取らぬかのように艶《つや》めき忌々《いまいま》しい。

家内は筋膜をメスで切開する直前までは苦痛に耐えたそうだが、鋏が子宮壁に食い込み、多繊維質の肉を削るように少しずつ切り始めた途端、身の毛もよだつ絶叫と地の底から響くような唸《うな》り声を発するようになり、その夜、たまたま居合わせた妊産婦の一人は後日、よそへ転院していったという。馬鹿げたことに家内の子宮はその一回きりで全く使い物にならなくなってしまった。当時でも帝王切開は二度までとされていたのだが、鋏で切開された筋膜には二度目の膨張を迎える耐性が失われていた。こうして神はわざわざ我々に屑《くず》を残されたのである。

「それなら大抵の骨はいけますよ」革の前掛けをした刃物屋の主人が声をかけてきた。

「魚は勿論《もちろん》ですがね、鳥の頭ぐらいなら簡単に割れます。ただ刃先で捏《こ》ねるのは無理ですがね」

「もっと太い骨は無理かな」

店主は陳列棚を開け、紅いビロード地に並べられた包丁のなかから一番大きなものを取り出して見せた。柄の部分が手にフィットするようカーブしていた。

「これなら多少のものでも刃毀《はこぼ》れはありません。ダマスカス鋼を使ってますからね。もっとってことになりゃ少し値は張るけれど、ジルコニアセラミック製なんてのもあります。硬さはダイヤモンドの次ですからね。金属じゃないので錆《さ》びませんし。ただ、これはお取り寄せになりますから多少のお時間はいただかないと……」

私は返事をうやむやにして店を出た。買う気はなかった。ただこうして家に帰る前にはなんとなく刃物屋、工具屋巡りをするのが習慣になっていた。

一ヶ月ぶりに玄関を開ける。カズエが「おかえりなさい」と出てきた。顔の横、頬《ほお》の上あたりに髪を散らしている。また殴られた痣《あざ》があるのだ。

あまりに頻々《ひんぴん》なので「どうした」と訊《たず》ねるのもいやになった。

「カタログは」

「届いてます。テーブルにあります」

カズエはスリッパの音をさせて台所へと戻って行った。感情を出す女ではなかったが、さすがにあのカタログについては思うところがあるのだろう。

「……もう殺してしまおう」前回の帰宅時、そう宣言した。

カズエは夫婦茶碗《めおとぢやわん》を掌《て》で撫《な》でつつ「そうですかぁ……」と応《こた》えた。

「もうおまえも俺も限界だ。殺《や》るなら、まだ体力の残っている今のうちだ。これ以上、俺もおまえも歳を取ってしまったら無理だ。そうなれば……地獄だ……」

カズエは、ほぅーっと気の抜けたような溜息《ためいき》をついた。

私たちはそれから少し黙っていた。

「でも、すごく力を出すわ。きっと……暴れるわ」

「そりゃ本人だって必死だ。死に物狂いでくるだろう。だから薬で寝かせておくことが肝心なんだ」

「今でもごはんに毒を入れてるだろうって調べるぐらいだから、上手《うま》くいくかしら」

「なんとか飲ませないと駄目だ。それだけは確実にしなければ俺たちの命に関わる」

「薬……くすり……くすり……なんだろう……どうしようかしら……」

カズエは染みの浮いた暗い天井を見上げた。

丁度、私たちの頭上に息子の部屋はあった。

「取り敢《あ》えず、俺とおまえの意思の確認だけしておく…… 〝殺す〟でいいな」

カズエは黙りこくっていた。

「どうした」

「あの子、私が寝込んだ時、アイスノン持ってきてくれたことがあったんです。まだ幼稚園の年中《ねんちゅう》さんなのに自分で椅子《いす》を持ってきて、それに上って冷凍庫を開けて……」

「そんな話……なんだ……そんなこと言って」

「買い物についてくるのが好きで、よく荷物を持ってくれました。夏になると西瓜《すいか》を持ってくれました。これはぼくが食べるんだからって。まだ小学校の二年生なのに顔を真っ赤にして……手や腕に持ち運びの紐《ひも》が喰《く》い込んで真っ赤な跡がついて……」

「よせ！　なんだ、そんな話をして。もうその頃のあいつはいないんだ。とうに死んでしまったんだ。いいところはみんなどこかへ蒸発して、役に立たない成分だけが残ってしまった。今いるのは残り滓《かす》だ」

カズエはじくじくと顔を絞るようにして泣き始めた。

「いじめですよ……いじめが、あの子を変えてしまったんですよ。ひどい中学だった。それが高校になっても尾を引いてしまって……」

「新聞みたいなこと言うな。高校受験に失敗して公立を選択したのはあいつ自身じゃないか。そういう風にいつまでも人や周りのせいにするのが駄目だ。いじめられても合格する奴は合格する。悔しければそれをバネにすりゃいいんだ。いい学校行って、いい会社行って見返してやりゃいいんだ。そういう奴はいくらでもいる。いっそバネにするぐらい徹底的にいじめられれば良かった。そんな根性もなくて中途半端にやられて逃げ回るから、結局、バネにもならず、いじめられ損だ」

「お茶。なに飲みます」

「鉄観音、熱く。そのうちカタログが届くから目につかないところへ保管しておけ」

「カタログ？」

「死体を処理するのに使う包丁や解体用の道具だ。あれこれ買い込んでも物入りになるだけだから、ひとつで済むのを探しておいた。どうせ一度しか使わないからコストパフォーマンスを考えなくてはならない。もうあいつに金を使うのは沢山だ」

「包丁ならありますけど……」

湯飲みを揃《そろ》えたカズエが引き出しから取り出す。

「馬鹿！　息子をバラした包丁でこさえた飯が喰えるか！」

「ああ……それはそうね……それはそう」

カタログは薄い紙切れ一枚の代物だった。載っているのはたった二種類。

「チェンソーなの？」

「いや、ああいう風に刃がキャタピラー的回転はしない。本当の食肉解体用の電動鋸《のこぎり》だ。アメリカじゃ、宙吊《ちゅうづ》りにした冷凍牛なんかをこれで簡単に捌《さば》いてしまう」

刃長が二十センチの【五〇五－Q型】は約三千五百グラム。刃長約四十センチの【八〇八－R型】は約四千百グラムの重さがあった。

「骨も切れるのかしら」

「毎分八千回の高速で刃が前後する。人間なんかわけないさ」

老眼鏡を手にしたカズエが紙面を覗き込んだ。

「用途……縦断ち、横断ち、斜め断ち、逆さ吊り落とし切りにと自由自在に使えます。

また背割り、胸割り、四分割は勿論のこと、脛骨《けいこつ》・臀骨《でんこつ》・背骨・肋骨《あばらぼね》の切り落とし、更には枝肉《えだにく》のカットまで、ありとあらゆる切断が思いのまま。しかも、きれいな切り口で、極めて簡単、便利で安全に行うことができます。あら……背割り、胸割りって、何？

あの子を縦に切るなんて厭《いや》だわ」

「くだらんことを考えるな」

「十五万円……値段もいいわ」

「業務用だからだ。本来ならこいつで何百頭も牛を刻むんだから元は取り返せるんだ」

「それを一回こっきりで捨ててしまうのね」

「他にあれこれ材料を取り揃えなくてすむし、自分たちの仕事量を考えれば最良のコストパフォーマンスだ。あんなでかい図体《ずうたい》を年寄りふたりが手動でぎこぎこやるわけにいかないからな」

「あたし……いいわ……高くない。あの子の為なら、これぐらいしてあげても」

カズエの目が、あっち向きとこっち向きとに、ゆっくりとずれ始めていた。

「あれ？　おまえ、ひんがら目になってきてるぞ。発作が出るんじゃないのか」

「いけない。夕方、叩《たた》かれたから薬飲むのを忘れてしまって……」

カズエは息子に側頭部を頻繁《ひんぱん》に殴打《おうだ》されたせいで痙攣《けいれん》発作を簡単に起こすようになっていた。医者から抗痙攣薬を処方されており、日に三度服用が義務づけられていた。

「飲みました」カズエは歯を見せて笑った。口の端に白い粉が付いている。

「とにかく、おまえは医者に行って眠れないと言うんだ。一軒だけじゃない、いろいろ行ってできるだけ薬を掻《か》き集めてこい」

耳を澄ますと二階から薄く音楽が流れてきていた。薄いだけで音の中身は外人の喚《わめ》き声が延々と垂れ流されるだけの錯乱したものだった。

「最近はどんな感じだ」

「変わらない。夜中にご飯を置いておくと朝か昼頃にトレーが部屋の外に出してあります。本人がネットで注文した品物が届くと部屋の前に置いておきます。風呂はいつ入ってるのか判《わか》りませんけど、先々週、使った様子がありました」

「便所は……」

「大きいのは二階のトイレで済ませてますけど……」

「まだペットボトルか……汚らしい男だ」

「もう癖なんですよ」

息子は引きこもり始めて半年ほどすると滅多に姿を見せなくなり、食事は自室で、風呂、洗面などは深夜、私や家内が寝てから済ますようになった。そして二階にもトイレはあるのだが、一旦、廊下に出なければならないことから、あろうことか奴は小便はペットボトルに溜《た》め、まとめて便所に流すか直接、庭に放って捨てるようになった。

「狂ってる」

「いじめですよ。いじめが……」

「もういい！」

「お茶。なににします」

「ジャスミン。熱く」

茶を啜《すす》りながら黙っていた。二階から男の叫び声とも金切り声ともしれぬ音が響いていた。ネットに携帯……。今では家にいても世間が流れ込んでくる。昔はこんなことはなかった。我々の若い頃は外は外、内は内の境がしっかりしていた。ところが今では家にいても外にいるのと同じことになってしまい、家庭が家庭の体《たい》を成さなくなってきている。ネットと携帯電話とゲーム。将来、歴史家が時代を振り返った時、原爆に次いで人類に害を為すテクノロジーとして、いずれかが槍玉《やりだま》にあげられることは間違いない。

「でも、よく考えると助かるわ。あの子がいなくなると」

「変な言い方するな」

「だって、なんだかんだ言っても物入りだもの……」

カズエは隣の衣装簞笥《いしょうだんす》のある部屋から宅配便の箱を運んできた。なかには無修整のエロ本やバイブレーターなどの所謂《いわゆる》、〈大人のおもちゃ〉が詰まっていた。

「なんだこれは」

「三万円もするんです。困るわ。こういうの次から次へと……」カズエは黒いバイブレーターを取り出すとスイッチを入れた。それは振動し、円を描いてみせた。

「こんなものまで買って、金払ってやることないだろう」

「だって怒るし、それに宅配便屋さんも困るでしょう。あの人たちの責任じゃないんだから……。厭なのよ、玄関先で揉《も》めるの」

「だからって馬鹿！　こんなもの。俺が何の為に働いていると思ってるんだ！」

「だって仕方ないじゃない！　私ひとりじゃどうしようもないのよ！　私ひとりじゃ。いつもいつも、あなたは居ないし、私ひとり……。ひとりじゃできない……怖いわよ」

カズエは顔を覆った。痣の浮いた頬の横で駆動音を立てながらバイブが回る。

「もういい！　もう……そんな馬鹿も終わるんだ。終わらせるんだ」

カズエはスイッチを切り、死んだ蛇のようなそれを箱に放り込んだ。ちゃちな安っぽい音をさせてバイブが沈んだ時、私の頭のなかでゾッとする気づきが……。

「おい……」自分でも声が掠《かす》れているのがわかった。「それはいつからなんだ」

「何がですか」

「そういったモノを奴が買うようになったのは？」

「え？　結構、引きこもりの初めの頃から買うようにはなりましたけど言えなかったのよ。怒るに決まってるから……。叩くでしょう？　あなたも」

「いや、そういう意味じゃない」

「私も人間なのよ。それが夫にも殴られ、実の子供にも殴られ……辛《つら》いわ……」

「バイブだよ！」私は立ち上がった。「どうしてバイブが必要なんだ。奴は男だぞ」

カズエの顔に隠し事がばれたという怯《おび》え、後悔、緊張、諦めが次々に浮かんでは消えた。

「どういうことだ」過去の新聞記事やニュースのあれこれが私の脳裏を過《よぎ》っては胃の辺りを毟《むし》っていく。「知ってたんだな……」

「最近よ……。本当に最近なの。バイブは去年からなの」カズエは自分に言い聞かせるように何度も頷《うなず》いた。

「なんにんだ」

「え？」

「奴の部屋には今、何人いる？」

「ふたりよ。あの子と……女の子がひとり」

「いつからだ」私は声を絞り出す。胸が悪くなってきた。

「去年の暮からよ」

「なんてことだ」

「お茶。なににします？」

「いらん！」

「……怒ってる。怒ってるのね、あなた」カズエは立ち上がると台所の隅へと後退《あとじさ》った。顔色が蛍光灯を浴びて酷《ひど》く白い。「殴られるんだ。また殴られる……。あなたは私を殴る……力一杯。そして私はまた耳が、ぼわぁっとなる。そして骨がぎしぎしぎしぎし……。今日は二回目。薬を飲んだけれど。殴られてしまう。これから殴られる。今から殴られる」

カズエは身を屈《かが》めるように妙な深呼吸を始めた。そこからは三十余年前には初夏の陽射しを跳ね返す潑剌《はつらつ》とした笑顔の娘であったことは微塵《みじん》も想像できない。あるのは抜け殻で、残り滓であった。また彼女の向こう側の壁にある鏡には絶望を目に浮かべた死人のような老人が座っていた。シャツの襟が痩《や》せさらばえた軀には不釣り合いに大きく、何かの嘴《くちばし》で首を挟まれているように見える。私が髪に手をあてると鏡の老人も同じことをした。

「なぜ隠していた」

「言いました、何度も。あなたが聞いて下さらなかったんです」

「馬鹿！　そんな大事なことを聞き逃すものか。おまえが隠してたんだ」

「言いました。前回も前々回も前々々回も」

「嘘《うそ》をつけ！　そんな馬鹿な話があるか」

「いつも、あなたは大事な話はお聞きにならないのよ。おわかりになったでしょう？」

私が思わず手をあげるとカズエはぎゃっと悲鳴をあげ、廊下のトイレに駆け込み、施錠してしまった。それからはいくら呼んでも叩いても応答しなくなった。

私はテーブルに戻った。腹を決めるのに小一時間ほどかかったが、階段を上り始めた。もしもの時の為に包丁を忘れなかった。玄関を入るとすぐ左に簡単な螺旋《らせん》状の木の階段を拵《こしら》えておいた。両側の壁は薄いアイボリーで値は張ったが、隣家との境が狭く、陽射しが乏しい為、壁紙だけは明るい物にしたかったのだ。今ではほとんどが爪《つめ》や刃物やバットなどで破られ、削られ、見る影もなくなっていた。階段の踏み板も、そこかしこがささくれ立ち、スリッパを通しても傷《いた》みがわかる。今、この家を手放したとしてもリフォームする余裕もない以上、現状渡しにする他なく、それでは建物の価値など無いも同然なので土地代に鼻糞を付けたようなものにしかならないだろう。あいつを始末してすらも我々の老後は暗澹《あんたん》たるものだろうが、それでもあいつを生かしておけば、いずれ私と家内を巻き込んでの野垂れ死には必至だ。それだけは何としても避けなければならなかった。

二階は空気が全く動いていない様子で、澱《よど》みと生ゴミの饐《す》えた臭《にお》いとほこり臭さが充満して身に染み込んでくるようだった。私は完全に上り切る前に、いつでも避難できる位置で立ち止まった。音楽は停まっていた。部屋からはテレビの音が聞こえていた。目の前のドアを見つめていると、今にもハンマーを手にした巨大な影が飛び出してきそうで、胃の腑《ふ》が居心地悪くざわめいた。〈コロシテヤルヨ、オヤジ〉十年前、飛び出してきたあいつはそう言って私の肩をハンマーで砕いたのだ。〈コロシテヤル、オマエナンカ、シネバイイ〉肩の骨は完全には元に戻らず、二度手術しなければならなかった。おかげで私は度々の入院を余儀なくされ、社内でのキャリアを失った。私の息子はあの時に死んだ。あいつが殺したのは私ではなく自分自身だったのだ。

何度か声をかけようとして、思い留《とど》まった。あいつは私が女性の拉致《らち》監禁の件に気づいたことを知らない。私はもう数年来、会うのはおろか二階に上がることすら無かったのだ。突然、部屋を訪れれば、あいつは何を思って錯乱するかしれない。私は気配を探るに留め、階下に戻った。下りがけに仔猫《こねこ》が鳴くような音を耳にした。限りなく幻聴に思えたが、それはいつまでも私の耳朶《じだ》にしみついて離れなかった。

翌日から一週間、また私は出張だった。朝起きるとトイレを一晩中占拠していたカズエは昨日のことなど忘れたかのようにさばさばとした表情で台所にいた。それにひきかえ私は昨夜は浴室で排尿しなければならなかった。

「お茶。なににします」

「鉄観音、熱く」私は新聞を読みながら口を開いた。

「今度、戻ってくるまでには道具が届くはずだ。念のために隠しておけ」

「女の子はどうするんですか」

私は黙っていた。

「警察ですか」

「馬鹿！　そんなことをしたら大騒ぎになる。おまえだってただでは済まんぞ」

「あたしは何もしてませんよ」

「犯人隠匿《いんとく》の罪だ。息子であろうが犯罪者を匿《かくま》い、さらに奴の監禁を助長した。共同正犯になれば、おまえも刑務所行きだ」

カズエが丸く口を開けた。

「厭だわ。私……。この歳で刑務所なんて知らないところに行くの」

「俺に考えがある、任せるんだ。とにかくお前はありったけの薬を集めろ。いいな」

カズエは頷いた。

「それと本当に生きてるんだろうな、その娘」

「生きてるでしょう。昨日、汚れた生理用品がゴミに出てたから……。買い置きしてるの」

「なんてことだ」私は旅行鞄《かばん》を摑《つか》むと出勤した。

一週間後、家まであと五分というところで不意に声をかけられた。三十前半の女が一礼し、妻の名を口にした。

「旦那《だんな》様ですか。私、スクールカウンセラーのオガタと申します。奥様からいろいろとご相談をいただきまして。息子さんの件でお会いしたのが始まりでしたけれど……」

「それはどうも」

「それで紹介先《リファー》の病院へ最近、お見えになられていないと連絡を受けまして」

「ああ、かなり順調に回復しましてね。今、知人の会社に勤めているんです」

「いえ。少し説明が必要かと思われますが。奥様には何度もご主人のご同席をお願いしたのですけれど、なかなかお忙しいようで。本来ならお家に伺うべきですが……」

「本来なら、きちんとアポイントを取るべきでしょうな。それでは」

私はなかば強引に振り切る形でその場を後にした。ああいった手合いの善意の押し売りは懲《こ》り懲《ご》りだ。順風満帆《じゅんぷうまんぱん》、世の中を性善説で渡りきれると信じ込んでいる奴らに我々の苦労や必死さなど理解できるはずもない。この時期に関わり合いになるのは最も避けるべき人種なのだ。

想像以上に【八〇八－R型】は取り扱いやすい機械だった。

「ここの引き金を絞るだけで作動する。そこにあるドラム式の延長コードを使えば家中、どこにでも持ち運びができるはずだ」

三日前に届いていたという機械は既に包みは開けられ、テーブルの上に置かれていた。

「マシーンって感じだわ」薬の詰まった袋を手にしたカズエも満足そうに頷いた。「それで、どこでばらばらにするんですか」

「風呂場だ。作業は明るいうち。近所には自分たちで浴室の壁を張り替えるとでも言っておこう。薬は？」

「あっちこっちで随分、貰《もら》ったわ。でも、お風呂に慣れるのに時間がかかるわね。あれこれ思い出しちゃいそう」

「そんなことぐらい我慢しなくてどうする。薬を飲み物にありったけ混ぜて持っていけ」

「飲むかしら」

「何とか飲ませろ。俺は三日しか休みを取ってないんだ。今晩、やらなければ全部済む頃には有休が終わってしまう」

「女の子は？」

「可哀想だが、あいつに殺されたことにする」

「え？」

「彼女にも同じ物を騙《だま》して飲ませるんだ」

カズエはへなへなとその場に座り込んだ。

「人殺しね……人殺しだわ……」

「そうだ。そうだよ。俺たちはこれから人殺しになるんだ。自分たちが楽して暮らせるように実の息子を殺し、見ず知らずの他人《ひと》様の娘さんも殺して、その上で幸せに暮らそうというんだ。いいじゃないか、それで。みんな多かれ少なかれそんな風に人を踏みつけにして生きてるんだ。そうやって生きてる奴のほうが幸せそうに生きてる」

「狂ってるわ……あなた」

「やらないなら、俺はこの場で出て行く。おまえもこの家も捨てる……」

カズエはじっと手元を見つめた挙げ句「……ちょうだい」とだけ呟《つぶや》いた。

「なに？」

「部屋よ。あの子の部屋。あれを頂戴《ちょうだい》。あそこが一番、日当たりがいいんだもの。お花とかいろいろ飾りたいの。そしたら我慢できる。あの子がいなくなったらあそこを私に頂戴」

私はカズエの手を取ると、わかったと伝えた。

夜十時になり、カズエが二階へ飲み物を運んで行った。

二時間後、様子を窺《うかが》いに行ったカズエが空のグラスを持ち帰ってきた。

「飲んだんだな」

「いつもはこんなことないのよ。不思議だわ」

私は用意したロープを手に立ち上がった。

「大丈夫？」

「あれだけ飲めば死んだも同然だ。やつが寝入っているのを確認したら中に入る。俺が合図したら上がってこい」

カズエは神妙な顔で頷いた。

階段の軋《きし》みが大きく聞こえる。ドアの前に立つと改めて家の荒廃が思われた。廊下の板は滅茶苦茶だし、ドアの壁にはカズエのものであろう血痕《けっこん》が付着していた。髪の一部もついている。私は腹立たしい気持ちに襲われ、ドアを叩いた。

返事はなかった。

ただ耳を澄ますと細い糸のような啜り泣きが聞こえてきた。

「おい！　いるのか？　私だ！　話がある！　出てきなさい」

息子の声は聞こえなかった。但《ただ》し、啜り泣きはさらに大きくなっていた。私はドアに体当たりを喰らわせた。もともと安普請《やすぶしん》であるから四度も体当たりすると錠のシリンダーを留めている金枠《かなわく》が弾《はじ》け飛んだ。このドアを開けるまでに、どれほど辛酸を舐《な》めたことか。

ギーッ。ノブを強く押すと軋みながらドアが開いた。なかは埃《ほこり》と異臭の巣窟《そうくつ》だった。あちこちに蜘蛛《くも》の巣らしきものがかかり、ゴミで室内は溢《あふ》れ返っていた。奥にある机のスタンドが灯っており、その前に長髪の人影が突っ伏していた。その反対側の隅に手錠で二段ベッドの柱に繋がれた半裸の女がいた。口には猿ぐつわがはめられ、目は恐怖に見開かれている。私が進むと女はくぐもった声で悲鳴をあげ、暴れ出した。

「大丈夫……大丈夫だ」そう女に言いながら私はロープを持ち直し、机の前の息子の軀に手を伸ばした。

と、その瞬間、息子の軀から光る物が出ているのに気づいた。

とっくに錆《さ》びついたナイフの柄だった。

触れた息子の軀は服の上からも硬く、バランスを失ったそれは音を立てて椅子から床に転がった。見知った顔ではなかった。いや、確かに息子に違いないが、顔は干涸《ひから》びたオレンジのように萎《しぼ》み、眼窩《がんか》には暗い穴があるだけだった。

息子はとうにミイラ化していた。

〈ブッコロシテヤルヨ、オヤジ……〉

背後から息子の懐かしく、昏《くら》い声が聞こえた。

女の金切り声とエンジン音に振り向くと、カズエが【八〇八－R型】を私に向かって振り下ろすところだった。

U
Bu
Me

皆川博子

前略。いつもお世話になっております。

このたび、左記に転居いたしました。

いささか不便な田舎ですが、閑静で仕事には向いています。来年の春の創作発表にむけて、専念するつもりでおります。

お知らせまで。

＊

深夜、人の気配の絶えた病院の廊下を、胎児がへその緒をひきずって這っていた、という話をわたしに聞かせたのは、あなただったでしょうか。帝王切開の術後ほどない女のベッドに這い寄り、よじのぼり、縫合《ほうごう》した傷口をひらいて、胎内にもぐり込んだという話がつづくので、いくら嘘話とわかっていても、思い出すと、あまり楽しくはありません。

その話を聞いたのは、わたしも入院していたあのときだと思います。子宮摘出の手術をした後ではなかったでしょうか。あなたは見舞いにきてくれて、そして、わたしの退屈をまぎらせるために、そんな話をしてくれたのではなかったでしょうか。怖いというよりなんだか滑稽で、わたしは笑ってしまい、そのとたん、縫合した傷口に焼け火箸《ひばし》をあてられたような痛みが走り歯を食いしばった、その痛みは明瞭におぼえています。ほかのことは、ほとんど忘れてしまいましたのに。

いいえ、もう一つおぼえています。全身麻酔が醒めたときの衝撃です。麻酔がきいているあいだというものは、死にひとしい状態です。突然、脳髄にひびく音とともに、銀色の光が視野に入り、その壁に数人の人物が平たくはりついているのです。宇宙船の中にいると思いました。ほどなく、人物は立体感を持ったのでしたが。実際は何も聴覚にとどく音はなかったのです。光が、音と同様に感じられたのでした。

その二つは明瞭に思い出せるのに、胎内にもぐりこむ胎児の話をだれがしたのか曖昧《あいまい》なのは、なぜでしょう。

胎児の寝床のためにのみある臓器を失ったからといって、他人が想像するような悲壮感も喪失感もいっこうになく、盲腸の摘出よりいくらか大がかりなので、回復も盲腸よりは時間がかかるというていど、摘出手術というのは、内科の病のように陰湿にながびくことはなく、一定のコースをたどり、確実に回復するのが、ここちよいほどでした。

ああ、こんなことを書くつもりはありませんでした。新しい家での暮らしをお知らせしようと思い、パソコンに言葉を打ち込んでいるのです。

農家です。何十年も放置したままで朽ちかけていたのを安く買いました。藁葺《わらぶ》きの屋根。広い土間。腐りかかった濡れ縁。雨戸はあってもガラス戸はこの家にはないのです。雨が降りこむときは雨戸をたてなくてはなりません。

水道がなくて、台所と外と、二カ所に掘り抜きの井戸があります。保健所の検査では、水質は問題ないそうです。あなたには、こんな話は、どうでもいいことですね。

台所を兼ねた土間に竈《かまど》が築かれ、風呂は母屋の外に造られた小屋のなかに五右衛門風呂が据えてありどちらも薪《まき》で焚くのです。

手に負えないので、地元の工務店にたのみ、プロパンガスを使えるよう、少し手を入れてもらいました。このあたりでも、もう、薪は手に入りません。

さすがに、電気だけは使えます。電柱は遠いのですが、電線をひいてもらいました。壁に埋め込みのコンセントはないので、コードを柱に沿わせて、必要な箇所にとりつけました。電話もテレビもおきません。五十年も百年も時をさかのぼったようなこの家に、洗濯機と冷蔵庫、パソコンだけは据えました。電話は嫌いです。呼出し音が鳴るたびに、心臓の鼓動が速くなり、いたたまれない不安感に襲われるからです。猫なで声の押売。鳥肌立つ猥褻なささやき。

この家を手に入れたのは、未知の不動産屋からの電話の勧誘にのったからではあったのですけれど。

仕事にむいた家なのです。藍染は、水を選びます。家の裏に川があります。川上におそらく人家は一つもないでしょう。人に見捨てられた土地ゆえに、水は清冽《せいれつ》です。

工務店からきた作業員にたのみ、広い土間に甕《かめ》を六つ埋め込んでもらいました。ひとところ手を入れるたびに、予想を越えた出費になります。資金の出所はどこだったのか、忘れました。いらないことは、みな忘れます。

あなたには、こんな話も、どうでもいいことですね。都会に住みなれた者のディレッタンティズムと、あなたは嗤《わら》うでしょうね。わたし自身そう思います。

自分では職人だと言いながら他人には芸術家とみとめてほしく、いっこうに世評にのぼらないので妙にひねくれ、名声高い人を妬《ねた》みながら口ではさげすみ……といった人々を何人か知っています。

わたしもそうなのかしら。でも、嫉妬するのは、覇気があるからでしょうね。家を買おうと思い、不動産屋と交渉したりしているときは、わたしにも少し覇気がありました。でも、仕事をやるぞという意気込みより、家を買うというそのことに気力を奮い起こしたのだと思えてきます。

ずいぶん前から、仕事はどうでもよくなっていたのです。でも、そう認めたくないから、仕事にむいた家に移るのだと、自分をだましました。

あなたには、どうでもいいことですね。

メールが二通とどいています。

画面にその文字が残っています。でも、未読の印はついていません。どちらも、目を通しました。ここに移ってきてまもないころにとどいたメールです。一通は、ニフティからの料金改定の通知です。消去してもかまわないのですけれど、メールがなにもないのは淋しいので、保存してあります。

もう一通は、なにか猥褻な文書です。どうしてわたしのアドレスを知ったのか。しかも、消去、保存の指定をする記号が記されてないのです。特にわたしだけにあてたものではない、あちらこちらにばらまいているのでしょう、気にいったら次のを送るから連絡してくれというのです。一定期間をすぎれば自動的に消えますから、放ってありますが、不愉快です。

わたしは、あなたへのメールをいま打ち込んでいます。あなたは保存していてくださるのでしょうか。それとも、すぐに消去?

＊

六つの甕は、空のままです。梱包《こんぽう》した荷物もまだほとんど開けていません。食事に最低必要なものだけ。二合炊きの小さい電気炊飯器。使い捨ての割り箸二袋。越すときに冷凍食品を一山買い込み冷凍庫に収めましたから、当分、解凍するだけで餓死はまぬがれましょう。

手洗いは水洗ではないので、カタコンベより深い穴を掘ってもらいました。うつそみの日々の養いの果てを、生の終わるまで呑み込んだとて、なおあまりある穴。生きたくもないのに、なぜ、食欲ばかりはおとろえぬのか。まことに本能とは手に負えぬものです。

あなたは、幾つになるのでしょう。わたしの年もまだお教えしてはありませんでしたね。

四十をどれほど越えましたか。忘れました。五十にはまだ間がありましょう。若いとおっしゃいますか。それとも、老いたと？

あなたには、どうでもいいことですね。

死をなつかしい親しいものと感じるようになったのはいつからだったでしょうか。怖いのは生から死に移行するときの苦痛だけ。死は安らぎ以外のなにものでもないと、七つ八つのころから感じていたと思います。

いつ聴きおぼえた歌か、短いフレーズだけ記憶に残っています。

Life is a short warm moment and death is a long cold rest……

わたしには、warm と cold が、逆であるように感じられるのです。

冷たい人生は束の間、死は長い優しい休息。

死よりも、産むことのほうが、どれほど恐ろしいか。父も母も産科医であったからでしょうね。父は病院勤務ですが、母は自宅の一部を改築して、診療室と分娩室、産婦の部屋にしました。入院者はいつもひとりだけです。医師である母と住み込みの看護婦がひとりというスタッフでしたから。

　待合室で診療を待つ妊婦の多くは、出産となると父の勤務する病院に入院するのでした。ことに、逆子だの帝王切開を必要とするような産婦は、すべて病院に送りました。母と父の連携プレーですから、うまくいっていたようです。

　ふつうの住宅を改造したので、わたしの部屋は分娩室の真上にありました。二階だから物音はわたしには聴こえないと父も母も思っていたのです。

　よく聴こえました。ものごころつくかつかないころから、産婦の陣痛の呻き、悲鳴が時をかまわず、わたしの耳にとどくのでした。なぜか、昼間よりは深夜のほうが出産は多かったのです。わたしの睡《ねむ》りをひきちぎって、産婦の声は侵入してくるのです。呻き、悲鳴と書きましたが、あの声を正確に表現する言葉を、わたしは持ちません。一定のリズムをもった、せつない、つらい、哀しい波なのです。

　それを、悦びと呼ばなくてはいけないのです。それというのは、出産のことですが。全身にたまった哀しみを絞り出すような声が、どうして、悦びなのでしょう。母と看護婦の産婦を叱咤する声も、わたしは聴かなくてはなりませんでした。

　種を絶やさぬために産まねばならぬさだめなら、なぜ、もう少し楽しく……とはいわぬまでも、楽に、産むことはできないのか。十にみたぬころから、出産は、わたしには恐怖の根源となりました。十にならぬうちに、わたしは孕《はら》みました。恐怖という胎児を。

歳月をかけてわたしの子宮のなかで、それは育っていきました。女は、胎児のときから、さらなる胎児の巣を持っているのでしょうか。専門家である父にも母にも、訊いたことはありません。

あなたには、どうでもいいことですね。

＊

わたしのメールは、保存されているのでしょうか。読後ただちに消去されているのでしょうか。わたしにはどうでもいいことです。

六つの甕はまだ空のままです。一つの甕にひとつずつ胎児がいたら、滑稽でしょうね。鳥の雛《ひな》に似ているのではないでしょうか。口をあけて、しじゅう餌を欲しがっている。いえ、餌をほしがるのは、嬰児《えいじ》でした。乳首に吸いつく赤ん坊は、おそろしく貪欲です。出産後、うちの病室で静養していた産婦の嬰児が、黒い便をだしたことがありました。血便だとわかった看護婦は、赤ん坊がこんな血便をだしたら死ぬと言い、産婦は泣きました。母がすぐに見抜きました。産婦の乳首が血を噴いていたのです。赤ん坊の乳を吸う力があまりに強くて、初産の産婦のやわらかい乳頭は爆《は》ぜ割れ、乳といっしょに血をも赤ん坊は飲んでいたのでした。わたしもそうだったのでしょうか。母に訊いたことはありません。あなたもそうだったのでしょうか。

かわいいと、言わなくてはいけないのです。赤ん坊を見たら。狭い産道をしゃにむにくぐり抜けてきた赤ん坊は、瞼《まぶた》がふくれ、鼻がひしゃげ、皺だらけで、死に物狂いの泣き声をあげて、退院するころになったって、まだ、化け物みたいです。それでも、みんなで寄ってたかって、かわいいわねえ、かわいいわねえ、と褒め上げなくてはいけません。

夫や両親が迎えにきて、晴々と退院していく女が多いのですが、搔爬《そうは》にくる女も数は劣らないくらいいました。

母は、わたしに隠し立てしませんでした。事実はそのまま冷静に事実としてうけとめる。そういう教育をわたしにほどこしたつもりなのでしょう。父も母も——どの指でしたか忘れましたが——中指だったかしら、それとも人指し指——胼胝《たこ》が盛り上がっていました。度重なる搔爬によってできたものです。病院ではどうしているのか知りませんが、うちの分は、台所の生ゴミといっしょに処理していました。大きいところで業者が集めにきて豚の餌にすると、わたしに教えたのは看護婦でした。からかわれたのかもしれません。

母は自分自身を革新的な女性と認識していました。わたしに、結婚しないで子供を産もうと、それは少しも悪いことではないと言いました。でも、と、つづくのです。今の社会は、結婚しない女が子供を産んで育てるのは、苦労が多いわよ。まだ、そういうのを受け入れるほど社会が進んでいないから。あなたが産むのはいっこうかまわないし、責めないけれど、私は面倒はみないからね。結婚どころか恋人もいない高校生のとき、そう宣言されたのでした。

劇薬を保管してある戸棚から強い睡眠薬をもちだし、のんだことがあります。致死量をのんだつもりでしたが、両親が医師であるということはこういう場合きわめて不都合で、きれいに洗浄され、覚醒後からだの中を火で焙《あぶ》られるような苦痛がつづき、死ぬのはむずかしいと思い知りました。

なぜ、生きなくてはいけないのかと父に訊きましたら、父は苦笑してわたしの頭を小突きました。その後、少し腰を上げ、ズボンの両脚の隙間から、豪快な音を放出しました。肉体が健康な証拠の音で、大きいのを父は自慢にしていました。母には訊くだけ無駄とわかっていました。

あなたには、どうでもいい……ことかしら。

＊

郵便受けには、ときどきダイレクトメールが入っています。どうやってわたしの住所を知るのでしょう。

パソコンに残っているメールは一通だけになりました。ニフティからの料金改定の通知は消えました。未読のメールはありません。あなたからメールがとどいたのは、何年前のことだったかしら。簡単な文面でした。〈私は＊＊さんではありません。間違いではありませんか〉わたしが送ったつもりの相手とあなたのアドレスがよく似ていたのです。23と32。あとは全部同じでした。相手に送りなおし、あなたにはお詫びのメールを送りました。どちらからも、返事はきませんでした。

ああ、深夜、人の気配の絶えた病院の廊下を、胎児がへその緒をひきずって這っていた、という話をわたしに聞かせたのは、あなたかもしれない、などと、どうしてわたしは錯覚してしまったのでしょう。以前、あなたへのメールにそう書きましたよね。あなたが見舞いにきてくれて、そして、わたしの退屈をまぎらせるために、そんな話をしてくれた……などということは、ありません。わたしはあなたの顔も知らない。なにも知らない。知っているのは、あなたのアドレスだけです。

いま、わたしは思い出しました。縫合した傷口に焼け火箸をあてられたような痛みが走り、からだのなかが燃えあがるようで、歯を食いしばったのです。あの胎児が、わたしのベッドに這い寄り、よじのぼり、縫合した傷口をひらいて、胎内にもぐり込んだのでした。わたしの傷は、帝王切開ではありませんのに。胎児の寝床を除去するためのものでしたのに。

今日、わたしは、足の指を一本、失いました。柱に奪われたのです。

＊

作ること、造ること、創ることに、生きる悦びをおぼえなさいと、わたしに言ったのは、だれだったかしら。こころが疲れた人のための施設にいたときでした。悦ばないのは、悪いことでした。悦びたくても悦べないのは、もっと悪いことでした。悦ぶには疲れ過ぎています、と言うのも、悪いことでした。命は大切にしなくてはならなくて、自分の命でも、自分の望むようにはできないのでした。どうして、大切なのですか。その疑問は禁忌です。口にするのは大罪です。毎日、入所者は食事の前に声をそろえて言うのでした。命を大切にしましょう。わたしは口だけ開けて、言葉には出しませんでした。食堂に、何人いたかしら。おぼえていません。

いま、わたしに、そう命じる人はいません。いないことに悦びをおぼえます。足の指をもう一本、奪われました。奪ったのは、別の柱です。この家に、柱は何本あるのかしら。

＊

毎日、一本ずつ指を奪われました。足の指はなくなってしまいました。でも、パソコンに文字を打ち込むのに不自由はしません。

ききわけのいい家です。手の指は残しておいてと頼んだら、承知しました。足の指がなくなったあとは、髪の毛を奪うようになりました。屋根を葺いた藁に、わたしの髪の毛が編み込まれます。

血がほしいと、家は言います。乾燥しきっているので、湿りけがほしいと。六つの甕に、ひと垂らし、ふた垂らし、公平にわけてやります。依《え》怙《こ》贔屓《ひいき》はしません。六つ、似ていますけれど、少しずつちがうのですよ。一つ一つに名前をつけてやりました。あなたには教えてあげません。

＊

踝《くるぶし》を奪われ、足首から先全部を奪われました。奪ったのではない、家はわたしを愛してくれているのですね。少しずつ、愛がしみとおって、わたしのからだは、家に移っていくのです。

もう、手の指も要りません。こころに思うだけで、画面に文字はあらわれますし、あなたのアドレスだって打ち込めます。でも、あなたが保存していようと読みもせず即座に消去しようと、どうでもよくなりました。

まだ首は残っています。首をほしがっているのは、大黒柱です。最後にあげることにします。

家とすっかり一つになってしまったら、あとはすることがありませんもの。

孕んだ六つの甕が六つ子になるよ。

と、家が言う。野太い声で。子育てが控えているよ。

愛されるって、ここちよいのですねえ。わたし、生きます。生きることは悦びです。

大黒柱と梁《はり》の交点に綱がさがっています。家が、屋根の藁とわたしの髪を綯《な》いまぜて編んでくれたのです。

いつ、首をあげようかしらねえ。その後ずっと、愛しあって生きていくのよね。甕のなかで子供たちが、産まれ出るときを待ちかまえているわ。

あなたには、どうでもいいこと？

深夜、人の気配の絶えた病院の廊下を、胎児がへその緒をひきずって這っているとわたしに教えたのは、あなたじゃなくて？

だれか、ささやいた。あんたが初めてじゃないのよ、この家に愛されたのは。

そら耳です。

愛されるって、いいのねえ。

ひこばえ

日影丈吉

1

東京の街を車で通りながら、ときおり、はっと息をとめるものがある。家だ。ふしぎな家を見るのだ。何がふしぎかはちょっと説明できない。そういう家は、その環境に合って美しい。いいながめになっている。そのくせ一方に何か周囲に拮抗《きっこう》するような顔を持っていて、はっとさせるのだ。

いま顔といったが、たしかに家には顔がある。ゆったりとからだをひらいて顔を見せているのもあれば、眼を閉じ口を結び見られるのを嫌がって、しかめ面をしているのもある。渋谷の並木橋にちかいところにその、からだをひらいている方の家があった。はじめて通る裏通の道の屈曲と共にその家は展開していた。かなり大きな赤い洋館だった。つかの間のことだから何をする家か見きわめるところまでは行かなかったが、いいなと思った。ところが通りすぎてから気になりだした。どこかおかしい。家のあけっぴろげの顔が薄笑いをうかべていたように思えたのだった。この家の前はふしぎに二度と通らなかった。並木橋を渡っても、家の前には出ない。いつも表通を通るのか赤い家にはお目にかからない。従っていまだに何をする家だったかもわからないのだが、私はたぶんもうなくなっていると思う。

火事で焼けてしまうとか取毀《とりこわ》しにあうとか。もしまだあるとすれば家の持主が破産して空家になっているとか、とかくいい想像はできない。私に写真がうまくうつせたら、こういう家を撮っておいて写真集でも出したら、おもしろいかと思ったこともあるが、そんな本を買う酔狂《すいきょう》な人間がいるかどうか。だいいちそういう家が、ほかの人にはふしぎに見えるかどうかも疑問だった。

これはしかし何でもないことが私にだけ、へんに見えるのではない。並木橋の家はほんの一例だが、ほかの家で私が何度も見、自分でしらべたこともあるのだから、このふしぎさは錯覚や何かではない。ほんものだ。

目黒に住んでいたころ、G坂の方からM通に出て芝《しば》公園を抜け都心に出る道を、私はよく車で通った。だらだら坂をおりてM通にむかう正面に、いつもあらわれるのがその家だった。もし、ほかの方角からM通に出ていたら、私はこの家に気がつかなかったろう。坂の真正面に古めかしい二階建て洋館の肩を張って立っていたから、見逃すはずもなかったが、私はやはりこの家をおもしろいと思い、ちかづくのを車の中から見まもった。同時に何かおかしいと思って見ていた。

車はその家の前で左に曲る。だから、その家を近くで見る時間は、あまり長くない。そして、その家に興味を持つのも車が坂の途中にいる時だけだ。家の前を通りぬけてしまうと、私はきまってもう家のことは忘れていた。だから私がある日、その家のちかくで車から降りたのは、まったく偶然の気まぐれだったのだ。そこで車を棄てずに乗りついで行ったとしたら、行先で多少時間の余裕があっただけで、その家のことは忘れていたろう。その後もそこを通るときしか思いだすことはなかったに違いない。

だが、そこで降りてしまった以上、事情は違って来た。私ははじめて自分で思うままに、その家を見ることができた。家は車の中から見ていたときよりも大きく見えた。総体にくすんだ灰色で、ところどころ左官仕事の彫刻がほどこしてあるのが、古めかしく見える。壁はそのまま二階の大屋根まで伸びていて、中のようすは外からでは、まるでわからない。おかしいのは、この家が何をする家かを示すようなものが何もないのだ。一階の入口は古いドア一枚で、そこにも何も書いてなかった。

表はかなり賑《にぎ》やかな通りである。近くに大学もあるので学生も通る。だが、こんな古い町並には、こんな何の表示もないような家が一軒や二軒あっても、ふしぎではないのかも知れなかった。すべての人が必ずしも自己表示に熱心とはいえないかも知れない。

私は入口の戸に手をかけてみた。あかない。中から錠がおりていた。

二三軒先に自動車の部品を作っているらしい家があって、そこにだけ人影が動いていた。実は私には何を作っているのかわからなかったけれども、そこへ行って聞いてみた。

「あの家ですがね。あれは何をする家ですか」

「たしか瓦斯《ガス》会社の出張所でしたよ」と若い男がこたえた。

「いまは空家ですか」

「そんなことありません。ちゃんと留守番の人が住んでますよ」

「一人で……」

「いいえ。おくさんも子供もいますよ」

すこし意外だった。表示のない家だから空家だと思ったのも無理はないだろう。だが、そうでない場合もあった。しかも留守番がいた。留守番というのは何をしているのか知らないけれども、とにかく瓦斯会社に関係のある者だろう。私はなんとなく、ほっとしていたのでもある。

それからしばらくその家のことは忘れていた。だが荒木君が訪ねて来ると、また思いだした。荒木君はたしか芝の探偵局につとめていた。あの家からはそれほど遠くないところだった。私立探偵という、ちょっと変った職業をやっていた。私は彼に例の家のことを話した。その家がなんとなくおかしいとか、そんなことはいわなかった。ただ、すこししらべてみてくれないか、とたのんだ。

いってしまってから後悔した。その家の人は私とはなんの関係もない。どんな人だかも知らない。それをしらべて、どうしようというのか。ただ家がおかしいというだけで。それもどうおかしいと、はっきりしているわけでもないのに。だが、いってしまったことは、しようがなかった。荒木君は私が突然その家のことを持出したのを別に何とも思わないようだった。その程度のことなら会社に通す必要もないから、ついでにしらべてあげます、といった。

こうして私はその家と、まるで無関係でもない状態だった。私は荒木君に調査をたのんだ。荒木はそれきり、しばらくやって来なかった。私はほとんどその家のことを忘れていた。だが私とその家のあいだは何となく、つながっているという状態だった。

荒木君がまた姿を見せたのは一月《ひとつき》いや二月《ふたつき》もたってからだろうか。私が部品屋を訪ねたときは、あの通りの高いところにある春日神社に、まだ八重桜が咲いていたのに、もう表を歩くと暑くて帽子がいるようになっていたからだ。

「あの家はかなりひどい状況ですよ。どういうお知合いですか」と荒木はきいた。

「知合いってわけじゃない。ちょっと気になったんでね」と私は口を濁《にご》した。

「ひどいというのは、どういうこと」

「あそこはもう瓦斯会社じゃ使ってません。ただ、あの家をどう処理するっていうんじゃなしに、菱田《ひしだ》って男を残務整理においといた。それがそのままになっているんですな。会社側の話ですと、中はもう相当いたんでて、羽目板の抜けてるところもあるし、屋根裏の見えるところもあるそうです。到底あのままじゃもう使いものにならない、といってます」

「ひどい状態というのは、そのことかね」

「いや、わたしのいうのは菱田の方ですよ」と荒木君は顔をしかめた。

「菱田の細君はもう長いこと寝こんでいるそうです」

「病気は何だね」

「結核らしいですな」

「結核ならなおるだろう」

「それが相当ひどいようですな。済生会《さいせいかい》の病院に入っていたのが何かの理由で家に帰されたそうです」

「すると細君は家で寝ているわけか」

「それだけじゃないんですよ。中学二年の息子がいるんですが、学校で怪我《けが》をして、これも家で寝てるんです」

「それはたいへんだね。怪我っていうと」

「鉄棒にぶらさがってたら、友だちがうしろから飛びついたんですね。もつれあって落ちた。そのとき息子は肩をどうかしちゃったんですな。相当な重症らしいですよ」

菱田というのはどういう男か知らないが、家族二人に寝こまれてしまい、さぞこまっているだろうと思った。

「まあ菱田が一人でなんとかやってるんで、会社の方も大目に見てるってわけですかね」と荒木君はいっていた。

「いや、細君はどこか病院に入れなきゃいけないぞ。息子もそうだ」と私は不意にいった。「それに菱田もあの家を出て、ちゃんとした勤め口を持った方がいい」

「でも、それは無理でしょう」と荒木君は首を振った。「病院に入れるたって、そう簡単にはいかないし、そうなると二人寝かしといてくれるなんてところは、そうありゃしない。菱田としては当分、瓦斯会社の温情にすがっているほかはないでしょうな」

そういわれると私は黙ってしまった。私が突然、菱田のやり方に干渉するようなことをいいだした理由が、自分にもよくわからなかった。私は荒木がしてくれた調査の礼をいって、そのうち埋めあわせするからといった。

荒木君が帰ってから二三日、その家のことが気になっていたが、そのうち忘れてしまった。仕事の都合で、その家の前を車で通ることもなかったからだ。久しぶりにそこを通ったのは二月《ふたつき》ぐらいたってからだったろうか、暑いさかりだった。あのがっしりした家が見えて来ると私は緊張した。見かけはがっしりしているが荒木の話だと、中はぼろぼろだという。だが、その家の前には鯨幕《くじらまく》が張ってあった。私は思わず運転手に声をかけて車を停めさせ、そこで車から降りた。

鯨幕のかげになって入口の戸はあいていた。誰か死んだのだ。とすれば、おそらく菱田の細君だろう。私は入口の前まで行った。近所の人らしい黒っぽい服の男が二人、中から出て来た。二人とも嫌なものを見たような渋い顔をしていた。私はその男たちの立ち話を、ちょっと聞いた。

「棺の中のホトケを見たかい」

「うん……」

「菱田さんのおくさんて、あんなに小さかったかねえ」

「長いことわずらってたからね」

「それにしても、ひどく痩せほそっちゃったもんだ。痩せたっていうより、半分なくなっちゃったって感じだね」

その話を聞いて私は、ぞっとした。死んだのは、やはり菱田の細君だった。だが細君は死んだとき屍衣の中で半分ぐらいに減っていたという。はじめ私は菱田という男が出て来ないかと期待していたのだが、その話を聞くと急に恐ろしくなって空車を捜した。

その日はちょうど、あるテレビ局へ行く途中だったが、車をひろってむこうへ行っても何となく仕事が手につかない感じだった。菱田は細君をなくして、どんな心境だろうかなど、そんなことばかり頭にうかんだ。菱田は楽になったのかも知れなかった。早く子供を連れて、あの家を出なければと私は思った。

しかし、そう思っているのは私だけで、菱田にもそんな気はないかも知れなかった。何故その家を出なければならないか、菱田にそんなことがわかるはずはないかも知れない。妻の死も息子の災難も、彼をストレートに襲ったのは彼の不幸であって、その家とは何の関係もないと、たぶん考えているだろう。

もし私が彼の耳に口をよせて、「おい早くこの家を出ろ。でないと飛んでもないことになるぞ」と囁《ささや》いたとしたら、彼はびっくりして私を気違いあつかいにしかねなかった。私にもそんなことをいう権利はなかった。どんな飛んでもないことが起るのか、予感めいたものはあるが、実際に何が起るか私は何も知らなかったのだから。

その家にしても陰気な表側の壁を見ているだけで、中に入ったこともなければ、中に住んでいる人を見たこともない。菱田という名前だけはわかったが、どんな男かも知らなかった。だが私にはわかるような気もした。一度も入ったことのない家の中を見たことがあるような気がした。いつか、どうかしてそこへ入って、あるものははっきりし、あるものはぼけてしまった、ごく普通の記憶だけは残っているという気がした。

まず表から入ったところは事務室だった。そのうしろに階段があって二階へあがれるようになっていた。二階には事務用機械のおいてある部屋が二つあった。しかし、この家は完成してはいなかった。二階は全部なくて、うしろの方はいわゆる吹抜けだった。それもつくりかけで屋根裏が見えているところもあった。そのうしろの方が、たぶん菱田の住居だったろう。そういう家の中のありさまを、この眼で見たようにおぼえていた。たぶん強烈な夢でも見たのかも知れない。

私は菱田の息子が寝ているさまを想像した。菱田の細君はからだが半分になって死んだけれども、息子は生きているはずだった。中学生の息子は、へんなかたちで鉄棒から落ちたのだ。うしろから飛びついた子供は、なんともなかったのに、息子の方はひどい打撃を受けた。菱田の息子はもう病院にも通っていなかった。風通しのわるい階下の部屋に寝ていた。その部屋にはいいきれがただよっていた。息子の体臭だろうけれども、どこか遠くの駅でしている鉱物的なにおいに似ていた。菱田にはどうすることもできないのだ。息子はやがて、からだが半分になって死んでしまうに違いなかった。

しかし私にも、どうにもならなかった。菱田に忠告しても彼はおそらく耳をかさないだろうし、身動きのできない息子を連れ出すことに同意するとも思えなかった。だいいち彼には私のいうことが理解できるかどうか。ある意志が菱田をだんだん圧《おさ》えこんで行くのを感じながら、私にはどうしようもなかった。

荒木がやって来たのは、それから少したってからだった。

「ご存じですか。菱田はまた葬式を出しましたよ」と荒木はいきなり、いった。

「いや、知らなかった。息子はやっぱりだめだったのか」

「骨が腐って、からだが半分になって死んだそうです」

私は顔をしかめた。

「それで菱田はどうしているかね」

「やはり、あそこにいますよ。あれはもともと瓦斯会社の人間なのです。瓦斯会社はあの家を直して使うことを考えているようですな。だから菱田のような男がやはり必要なんでしょう」

「いけないね。菱田は余所《よそ》へ行くべきだよ。細君と息子までなくしたんだからね」

「でも、これまでのこともあるから、そうも行かないでしょう。菱田には瓦斯会社をやめる気持なんか、まるでないでしょうね」

結局、荒木にもわからないのだ。荒木を説得することは、おそらく不可能だった。彼は私のいうことを信じないだろう。せめて菱田だけは助けてやりたいと思ったが、方法がなかった。どうにもしようがなかった。

しかし菱田がこれからどうなるか予想が立っていたわけでもない。どうせ、ろくなことにはならないとは思っても、どうなるかはまるでわからなかった。菱田は病人ではなかったし、息子の葬儀も細君の場合と同じく、立派に出したろう。細君のときとおなじ人が集まって、おなじことが行われたろう。菱田はおなじ挨拶《あいさつ》をして、おなじように頭を下げたに違いなかった。そういうことは見ないでもわかっていた。

私の気になったのは、菱田の息子もからだが半分になって死んだ、と荒木がいったことだった。荒木は半分という言葉を無意識に使っていた。だが、私は聞いたとき、はっとして、やはりそうだったのかと思った。菱田の細君も息子も半分になって死んでいた。そこにはやはり、ある意志がはたらいていると私は考えた。菱田だけが、その意志から逃れることができるのだろうか。

私にはどうすることもできないが、菱田から眼をはなしてはいけないと思い、荒木にもたのんでおいた。そのうち私にはだんだん苦痛になって来た。前にはほかのことにまぎれて忘れていられたのに、それができなくなって、菱田のことが私自身の責任のように思われて来た。菱田の細君や息子のことも、もし私にその気があったら、助けてやれたかも知れないと思うようになった。要するに、あの家から出してやればよかったのだ。

せめて菱田だけは何とかならないかと私は何度も考えてみた。あの家と切りはなしてしまえばいいのである。そのうち私は、うまい話を聞いた。私の知合いが八ケ岳にクラブをつくって、冬でもそこにいついてくれる人を捜していたのだ。私はその知合いに、その人を是非、私に世話させてくれとたのんだ。

問題は菱田の方である。私は菱田とは一面識もないのだから、そういう私が突然あらわれて彼の身のふり方をきめる話をするのも、おかしなものだ。おなじことなら荒木君の方が職業柄、菱田のことを誰かに聞いた体《てい》にして訪ねて行っても、おかしくないかも知れない。それに荒木君には説得力もあった。

荒木君に会って話すと、彼も乗気になった。よろしい、できるだけくどいてみます、といってくれた。それでも私は結果をあやぶんでいたが、荒木君は案外うまく話を進めてくれたらしい。菱田は心を動かしたのだ。細君と息子の死は彼にも相当な痛手だったらしい。いままでと違う、まったく新しい生活は、彼にも魅力だったようだ。私はほっとした。八ケ岳へ行けば菱田は救われると思った。

それで荒木が私のところに菱田を連れて来、私が彼を連れて行って私の知合いに紹介する、ということに段どりをきめた。

2

私は菱田にどんな新しい生活を保証してやれるかと思って、その点もしらべておいた。八ケ岳のクラブは東京などから客をとるホテルで、冬はほとんど休みみたいなものだが、そのあいだも休暇をとらずに山にいてもらいたいのが、クラブ側の要求だった。名目は副支配人だが経営にはタッチしない。まあ何でもやってくれる小父さんみたいなもので、そういう人も実際に必要だし、菱田には打ってつけだった。給料もまあまあ、医療その他の手当もついている。安心して勤めていられると考えていい。

私自身がすっかり安心していたのだが、荒木はなかなか菱田を連れて来なかった。

「ええ、菱田はもうすっかり行く気になってるんですよ。しかし葬式も二つも出してもらったし、いままでの義理があるもんだから、なかなかやめたいといいだせないんでしょう。瓦斯会社の方は内部改造をやることにきめて、菱田にはいてもらうつもりでいるんですよ」と荒木はいっていた。

「だが、なあに大丈夫ですよ。なんとか引っぱりだしますから……」

私は荒木君にまかせておくほかなかった。二三日すると荒木はまたやって来ていった。

「菱田はきょう故郷《くに》へ帰りました。群馬県の板鼻ってところです。細君と息子の骨を持って行ったんですよ。明日の午後、東京に帰って来て、お会いしたいといってますが……」

「そうか、それはよかった。八ケ岳の方も、あんまり待たせとくわけには行かんからね」と私はよろこんで、いった。

翌《あく》る日の三時ごろ、荒木が連れて来た男を見ると、はじめて会う男だったけれども、私には会ったことのある顔だった。いつかどこかで見た顔だった。菱田も親しそうに頭を下げて、「よろしくお願いします」といった。私はそのまま菱田を家に帰さずに、私のところから、じかに八ケ岳へやりたかったが、そうも行かなかった。

「家の改造がそろそろはじまっていますが、今度ははっきりお暇をいただくつもりですから」と菱田は帰る前に、はっきりいった。

それで、この話はもう決定したものとして私は安心した。だが菱田からは、それきり何もいって来なかった。そのころ、よく私の家へ来るようになった荒木をつかまえて、どうなってるのかと私はきいた。

「それがですね」と荒木はこまった顔でいった。

「ご存じじゃなかったかな。あの家には菱田ひとりしかいないんです。瓦斯会社の人は、たまにやって来るだけでね。家の改造に手をつけたといってるが、会社がたのんだ業者が、たまに来るだけで、その監督も菱田がやらされてるわけなんですよ」

「菱田は、はっきりお暇をいただくって、いってたじゃないか」

「それが、いざとなるとそうも行かないんじゃないかな。会社とはかなり長い関係らしいから……」

「とにかく、はっきりしないとこまる。八ケ岳のクラブの方へは、菱田が必ず行くって返事をしちゃったんだからね」

「いや、行きたいんですよ。菱田もあそこを出たがってるんです。それはほんとうですよ。だが気の弱い男だから、なかなか思いきって、いいだせないんでしょうね」

「しかし、それじゃこまるんだな。いったい、どうするつもりなんだ。結局、行くこと

「それは大丈夫でしょう。わたしから会社に話してやろうかって、いったんだが、いや自分で話すと菱田はいうんです。そういう点は頑固なところのある男ですよ」

「そうかね。大丈夫かな」といったが、そこまで本人がいってるなら大丈夫だろうと、私も思った。

だが二三日すると、荒木がまた腐った顔でやって来た。

「弱りましたよ。菱田が足場から落ちたんです」

「足場って……」

「大工が家の中へ足場を組んで行ったんです。そこから落ちたんですよ」

「怪我をしたかい」

「打ちどころが悪くて寝てますがね。会社が飯炊きの婆さんを一人、雇ってくれて……」

「え、身動きもできないのか」

「いや、便所ぐらい一人で行ってますよ」

私はすこし眉をひらきながら、人の面倒を見るのも楽じゃないと思った。

「だが、そうなると八ケ岳の方も、すぐってわけには行かないな。事情を話して、すこし待ってもらうか」

「それがいいですね」

私はクラブの持主に電話をかけた。自分で見たわけではないが、荒木の話から、それほどのことはないと思って、菱田のことは軽くいっておいた。むこうも、それほど急がないから、といってくれた。

荒木はときどき菱田を訪ねていた。その帰りによく私のところへ寄ってくれた。はじめは先方が待ってくれるといっていたことを話してやると、菱田はよろこんで、くれぐれも私によろしくと荒木にいっていたそうだが、そのうち荒木の顔色から事態があまりよくないのを私は感じた。

「足場から落ちてどういう打ち方をしたのか、はじめは元気だったんですが、菱田はだんだん動けなくなりましてね」と荒木はつらそうにほんとうの話をしだした。

「医者にも、ほんとうの状態はわからないんじゃないですかな。いまじゃ、くったりあおのけに寝たきりで、わたしの顔を見ると、すまないすまないっていうきりなんです。実際わたしも彼に会うのが、つらくなりましたよ」

「残念だが、やられたな」と私もいった。

「早く八ケ岳へやってしまえばよかったんだ。すきを突かれたよ。ぼくの努力も足りなかったな」

「いや、わたしたちはやるだけのことはやりましたよ。菱田が足場から落ちるなんて、誰にも予想もできなかったことですよ。しかもそれが思いがけないような結果になるなんて……」

いや、あの家に寝かしておけば、そうなるんだ、と私は思った。だが黙っていた。

「八ケ岳はだめかねえ」と私は思いきれずに溜息をついた。

「だめでしたね。菱田も残念だろうが」

荒木は菱田に会うのはつらくなったといっていたが、それでもよく彼を見舞った。菱田はもう起きあがる力もなくなって、食事から下《しも》の世話まで、飯炊きの婆さんにしてもらっていたらしい。

私は知合いに電話して、菱田が相当な怪我をし、そのため八ケ岳行きは無理になったことを話し、約束をはたせなくなった詫《わ》びをいった。だが菱田は八ケ岳行きをあきらめていなかったらしく、荒木をつかまえて八ケ岳はどんなところか、きいたりしたという。病気がなおったら、そこへ行くつもりでいたらしい。

菱田は死んだ。ある日、荒木がそれを知らせに来た。足場から落ちてから二月《ふたつき》ぐらいたっていたろう。菱田は痩せさらばえ、彼の細君や息子とおなじく半分ぐらいになって死んだという。

葬式は瓦斯会社が出してくれた。遺骨を群馬県の板鼻へ持って行ったのは、菱田の最後の友人だった荒木である。埋葬に関することは、すべて彼が引きうけてやったのだった。菱田の葬式がすみ、遺骨の埋葬がすんだことで、すべてが終ってしまった。私は葬式にも顔を出さなかった。菱田の就職に一所懸命になったことなどが、とてもほんとうとは思われなかった。

人間のかかわりあいなんて、ふしぎなものである。いいかげんなものだといってもいい。なんということもなく知合って、かなり親しくなり、ふとしたことからうとましくなって、そのままつきあわなくなる。そういう人たちを私もいくたりか持っていた。何故その人たちとつきあい、何故つきあわなくなったか。何故というほどのこともないのである。菱田のこともそうだった。一時、私は彼のために一心に肩入れした。それがまた不意にもとの何も知らなかった頃の彼に戻ってしまったのだ。

　荒木君が来て菱田のことを話しても、何か知らない人の話をされているようで、私は生返事をしていた。思えば荒木君は私のたのみで菱田と知合いになったのだ。そして、いつの間にか彼の遺骨の埋葬を引きうけるまでに親しくなった。荒木は別に俠気《きょうき》のある男でもなんでもない。人間のつきあいというのが、そんなものなのだろう。

　何故、荒木がそれほどにまでなったのか、私自身の一時の熱心さと同様、私にはわからない。しかし、すくなくともその点、私から荒木に挨拶があってもいいところだが、私はそれも忘れていた。一時、私を恐怖させ熱中させたある兇悪《きょうあく》な意志が、妻と子と主人という素朴な一組を消滅させてしまったことで、もうあらわれなくなったということが、ふいに私から重圧をとりのぞいたのかも知れなかった。

　菱田が死んでしまうと、荒木と会う用事もなくなり、彼もあまり私のところへあらわれなくなった。私は荒木のことも菱田のことも、もう思いださなくなった。

　そのころのある日、私はG坂を通ってM通に出る道を車でたどっていた。そして仕事のことに気をとられていて、どこを通っているか、ほとんど意識していなかった。Mの通りが眼の前に迫って来ると、あの肩をいからしたような灰色の家が、急に姿をあらわした。

私は不意に声をかけて車をとめさせた。そして車から降りると、その家の方へ歩いて行った。菱田の家族が死に絶えたあと、その家がどうなっているか興味があった。菱田が死んでから瓦斯会社がそこを管理しているかどうか、私はあまり気にしていなかった。もし、そうであっても私は中を見せてもらうつもりだった。

入口のドアに手をかけた。それは無抵抗に中にあいた。誰もいないな、と私は思った。人のいる家といない家はなんとなくわかる。瓦斯会社は菱田が病気になってから家の改造をやめてしまい、いまだにそのままにしてあるらしかった。

入って来る前、家の中は薄暗く陰気で何か迫るような空気がみなぎっているかと思ったが、入ってみると、どこから外光がさしているのか中は薄明るく、のびのびとしていた。私が考えていた内部とは、すこし違う。壁も廊下も階段も、すべて大ぶりにゆったりとできていた。立ちどまって、においを嗅《か》いでみた。古い家の埃《ほこ》りっぽいにおいがするかと思ったが、何のにおいもしなかった。

瓦斯会社はこの家をどうするつもりか知らないが、いまのところ、うっちゃらかしにしていた。そして誰もいない家自体が自足しているという感じだった。菱田の持物だけは、誰がやったか知らないが、そっくり処分してしまったらしく、彼を思わせるものはどこにもなかった。菱田の細君や息子や、いや菱田自身が、どこに病み伏していたかを想像することさえ、いまではできなかった。

家はいま邪魔物がまったくなく、自分一人でゆっくり息をしていた。この家は自存の意志のために、人が住んだり何かに使うには、まるで向かない感じだった。だまってこのままにしておいてやれば、このまま、未完成ですこし毀れたまま、永遠に存在するだろうと思えた。

家は私を通りすがりの無害な生きものだと思ったのか、私の思うとおりにさせてくれた。私に家の中を自由に歩かせた。私は二階に行ってみた。そこには事務用の機械をおいた大きな部屋が二つ。階下よりも薄暗いので、私はすぐ下に降りた。裏の方に厨房《ちゅうぼう》があったが、そこもきれいに片づいていて、菱田が病んでいたあいだ、飯炊きの婆さんが何かやっていた痕跡《こんせき》はどこにもなかった。

家はまったく解放され、人間とは交渉がなくなって、いきいきとしていた。気持がわるいくらい、のびのびして、狂暴だが無邪気な生きもののようだった。そして、いまは昼寝でもしているように静かだった。その静けさの中で私は考えた。私はいったい何をしに、ここへ入って来たのかと。

私は菱田の痕跡を捜しに来たのではなかった。それがひとつもないことは、むしろ救いだった。家は満ちたりたように、のんびりとして暗い思い出はどこにもなかった。私はそうした家を見に来たのかも知れなかった。三人の人が死んだ。家はその脂をたっぷり吸ったのだ。それだけ元気になっていても、ふしぎはないはずだった。

こういう家があっていいだろうか、と私は思った。あってはいけないにきまっていた。だが街中にひしめいている屋並の中に、ふと一軒ぐらい、ひっそりとひそんでいる。そして、こういう家に負けてしまう者がいる。誰も気がつかないうちに家に喰われてしまうのだ。そして、この静けさはどうだろう、と私は思った。みしりともいわない。家は胸をくつろげて、ゆったりしていた。

私はもう一度、家の中を歩いてみた。この家が建てられてから、もう三十年や四十年はたっているはずだった。古い通りにある古い家の一軒だった。そのくせ裏側の方は未完成だった。屋根裏の見えるところがあった。天井板が、いつか脱落したのではなくて、どう見ても、はじめからないのだった。そういうことも何となく、へんだった。三十年も四十年も天井板がはずれたままなんて、やはり普通ではなかった。

私はその下に立って、しばらく上を見上げていた。天井板のないところから棰《たるき》の一部と束柱《つかばしら》が見えていた。そこに何か妙なものが見えた。青いものだ。だが、そんなところに青いものがあるはずはなかった。

私はそこをはなれて、ひとまわりしてから、またその下へ来て立った。

やはり青いものが見えた。だが屋根裏に青いものがあるはずはなかった。しかし私は見たのだ。おそらく、この家に人がいるあいだには、こういうものはまだなかったかも知れない。だが家はいま、のんびりして貝があしを出すように足を出したのだ。

榧からひこばえが芽ぶいていたのである。

夜顔

小池真理子

もう何年も前の話だ。

わたしには大切な友達が三人いた。

彼らは、わたしが借りていたアパートから歩いて二十分くらいのところに住んでいた。私鉄の駅をはさんだ向こう側である。

駅のこちら側は、スーパーマーケットや商店が建ち並んでいて賑やかだったが、向こう側はまだ土地開発が行われておらず、豊かな自然がそのまま残されていた。木々に被われた小高い丘があり、ピクニックにふさわしい、ちょっとした草むらもあった。春になると一斉に、シロツメクサやタンポポやスミレの花が咲いた。秋には夥《おびただ》しい数のススキの穂が揺れた。道は大半が未舗装で、車が通ると小石がはね、雨あがりの日など、水たまりにかわいらしい水紋を描いた。

彼らの家は、そんなのどかな風景の中に、ぽつんと建っていた。木造二階建て。外壁は青みがかった灰色のモルタル塗り。あちこちに亀裂が走っていて、遠くから見ると、その裂け目は壁を這う蔦《つた》のように見えた。

一階部分には、サンルームふうに、屋根がついたテラスがせり出していた。屋根といっても、波型をした半透明のプラスチック製だ。窪《くぼ》みの部分に雨水がたまり、そこに苔《こけ》が生えるらしく、屋根全体が緑色にくすんで見えた。

テラスにはいつも、骨董品《こっとうひん》とおぼしき古びた家具がたくさん置かれていた。年代物のキャビネット、丸テーブル、埃だらけの籐椅子、ロッキングチェア、スプリングがはみ出したソファー……。

テラスには木の階段がついており、フェンスで囲まれた庭に直接出られるようになっていた。お世辞にも手入れのいい庭とは言えなかったが、いつ見ても、あちこちに季節の花が無造作に咲きほこっているのが、かえって人目をひいた。

日ざかりのころには、隣の空き地に生い茂っている木々が枝を伸ばし、地面に木もれ日を描いた。時折、木もれ日の中に、昼寝用なのか、子供のままごと用なのか、タオルケットが敷かれていることもあった。

庭の隅のほうには、小さなブランコが一台。少し錆びの浮いているブランコの周囲には、子供用のスコップやプラスチック製のバケツ、水でっぽう、ままごと道具などが散乱していた。撒水用の古びたホースがとぐろを巻いていることもあった。

テラスの柱とブランコとの間には、ビニール紐が長く渡されていて、晴れた日には、たくさんの洗濯物が風を受けてなびいているのが見えた。洗濯物はすべて、大きな木の洗濯バサミで留めてあった。

背の低い門柱には、黒文字で「三浦」と書かれた小さな白い陶の表札が埋めこまれていた。真鍮《しんちゅう》のノブがついた玄関ドアの脇にも、「三浦」の表札が下がっていた。こちらは何の変哲もない、木製の表札だった。

散歩の途中、何度も何度も、数えきれないほど何度も、わたしは彼らの家の前を通った。あまりじろじろ見るのは悪いと思いつつ、やめられなかった。

どんな人が住んでいるのだろう、家族は何人いるのだろう……他愛のない好奇心がふくらんだ。

だが、おかしなことに、長い間、彼らの姿を見かけることはなかった。

テラスの骨董品は増えたり減ったりを繰り返し、ほとんど全部なくなったかと思うと、置き場所をなくして庭にまであふれ出していることもあった。窓が無防備に開け放されている日もあれば、逆に、妙に用心深げにぴたりと閉ざされ、カーテンで被われているの日もあった。夕暮れ時に、室内に明かりが灯され、中で人影らしきものが動いているのを見たこともある。子供の笑い声、母親とおぼしき若い女の楽しげなハミングを耳にしたこともあった。男女がぼそぼそと喋っている話し声も何度か聞いた。ラジオかレコードなのか、室内に賑やかな音楽が流れていたこともあった。

なのに、姿は見かけなかった。どんな人が住んでいるのかわからない、というのが、一層、わたしの好奇心をつのらせた。

あのころ、わたしは孤独だった。今も孤独であることには変わりない。だが、あのころの孤独は今と違って、もっと切羽詰まった、神経にさわるような、思わず声をあげてしまいたくなるような孤独だった。

わたしは二十歳だった。大学進学と同時に、実家のある新潟から東京郊外のその町に越し、丸二年が過ぎていた。

通っていた大学は女子大で、私鉄を使えば二駅という近さにあった。その町にあるアパートを借り、勇んで引っ越しの手続きを済ませたころ、ひどく身体の具合が悪くなった。初めての一人暮らしが始まる、というので緊張しきっていたようだった。微熱が下がらず、起き上がれないばかりか、ついに一切の食べ物を受けつけなくなった。仕方なく、病院に行って点滴を受けた。初めてのことではなかった。私は生まれつき虚弱だった。少し環境に変化が起こっただけで、似たような症状にみまわれる体質だった。

両親はそんなわたしを見て、大学は諦めたほうがいいのではないか、と言ってきた。身体が弱いせいで、小学校も満足に通っていない。中学に入ってからはいくらか健康になったが、それもほんの一時期で、高校入学と同時に症状がぶり返した。貧血、発熱、下痢、嘔吐《おうと》は日常茶飯事だった。そんなわたしを知っているからこそ、親は初めからわたしが都会の大学に進学することに反対していた。

だが、わたしには、死んでもいいから、という思いがあった。何度、精密検査を受けても、どこと言って悪いところは見つからなかった。悪いところがないというのに、いたずらに自分の身体と向き合い続け、びくびくし、友達も恋人も作らず、一生、親の庇《ひ》護《ご》のもとで暮らすことだけは避けたかった。

かかりつけの医師には、「思いきって上京しなさい。緊張した暮らしを続けたほうが、あなたの身体もよくなる」と言われた。わたしも自分でそう思っていた。

親を説得するのに時間がかかり、そのうえ、身体のほうもまともな状態ではなかったので、結局、入学式には出席できなかった。小学校の転校生のような心細い気分を隠しながら大学に通い始めたのは、四月も半ばを過ぎてからのことになる。

講義に出席するのがやっと、という状態が長く続いた。慣れない一人暮らしをこなしていくことだけでも精一杯で、相変わらず具合の悪い日が多く、通学の時も、買い物に行く時も、近所の銭湯に行く時でさえ、健康保険証を持ち歩くのが習慣になった。いつどこで倒れるかわからない、という恐怖心があったからだった。

新潟の親からは充分すぎるほどの仕送りがあり、夜遊びはおろか、ショッピングにうつつを抜かすことすらなかったわたしは、常に経済的な不安とは無縁のところで生きていた。それなのに、わたしの生活はみじめだった。上京してもなお、わたしには誰一人として友達ができなかった。活気にあふれた生活はめぐってこなかった。どれもこれも自分のせいだとわかっていた。どうしようもなかった。

誰とも話をしない日が続くと、時々、夜中に声をあげそうになった。喉の奥からほとばしってくる悲鳴を殺そうとして、わたしは布団の襟に嚙みついた。涙が出た。泣けば泣くほど、ますます孤独の蟻地獄《あり》に陥った。

アパートの大家は、井村さんという名の、世話好きを絵に描いたようなおばさんだった。おばさんは、痩せ細って息もたえだえに暮らしているわたしを見るに見かねて、「とにかく身体を動かすことよ」と言ってくれた。「スポーツは何ができるの？　何もできないの？　しようがないわねえ。だったらいいわ。散歩で充分。疲れてても、少々具合が悪くても、せっせと時間を決めて歩くのよ。最低三十分。毎日、続けてごらんなさい。御飯がおいしく食べられるようになって、そのうちきっと、体力がついてくるから」

半信半疑だったが、井村さんの言葉には気持ちが少し動かされた。何よりも先に、体力をつけなければ、ということはわかっていた。

大学から帰るとわたしは、アパートの自分の部屋でしばらく身体を休め、散歩に出るようになった。いくら歩いても相変わらず食は細く、おまけに足腰が痛んで眠れなくなるありさまだったが、それでも、散歩をやめるつもりはなかった。これをやめてしまったら、今度こそ、正真正銘の廃人になってしまう、という恐怖心がわたしを支えていた。

初めは、駅のこちら側の賑やかな界隈《かいわい》ばかり、ぐるぐる回っているだけだったが、そのうちそれだけでは飽き足りなくなった。踏切りを渡り、駅の向こう側まで足を延ばすようになるのに長い時間はかからなかった。

季節の移り変わりがはっきりとわかる道を、のんびりと、自分に合った速度で歩き続け、時折、道端の草花を摘んだり、立ち止まって丘の向こうに沈んでいく夕日を眺めたり、草むらでキャッチボールをしている子供たちのボールを拾ってやったりしながら、わたしは少しずつ、少しずつ、彼らの家に近づいて行った。

彼らの家の近くに、これといって目立った建物はなく、その先で道は大きく迂回《うかい》し、元来た道につながるようになっていた。初めて彼らの家の前を通った時、わたしはそのことを知り、これからは、この家を目標にして散歩に来よう、と決めた。そのあたりまで歩いて、またゆっくり戻るというコースを辿れば、散歩時間は四十分ほどになり、体力作りにはちょうどいい距離だと思われたからでもある。

そんなわけで、わたしは彼らの家の前を毎日、通るようになった。それこそ、雨の日も風の日も、台風が近づいている時や小雪が舞っている時でさえ。新潟の実家に帰省している時と、風邪をひいて寝込んでいる時を除いて、わたしが彼らの家を見ない日はなかった。

その間、ただの一度も、彼らの姿を見なかったというのは不思議だが、それは単なる偶然に過ぎなかったようだ。ふつうの暮らしを営んでいる人間が、四六時中、庭や家の前に佇んでいるわけもない。

わたしがあの家の前を通った直後に、母親が洗濯物を干しに庭に出て来たのかもしれない。子供が水遊びをするために、父親がテラスの骨董品の整理をするために、それぞれ、姿を現していたのかもしれない。

本当にそうなのだ。あのころは確かに、彼らはまだ生きていたのだから。死んだ人間ではなかったのだから。わたしはただ単に、出会いのタイミングを逃していただけなのだ。

あの家に住む人たちと初めて声を交わしたのは、わたしが大学三年になった年の六月中旬のことである。

ゴールデンウィークに帰省した際、祖母の家で出された鰹《かつお》にでもあたったらしい。わたしはひどい胃腸障害を起こした。そのため、連休が過ぎても実家でごろごろし続け、やっと東京に戻ることができたのは五月も半ばを過ぎたころだった。

散歩に行くだけの気力も体力もなく、五月いっぱいは大学とアパートの往復だけで暮らしていたのだが、梅雨に入ったころからやっと、いくらか気分がよくなった。

その日は珍しくよく晴れた、気持ちのいい日だった。やっと腰をあげる気になり、いつもの通り、散歩に出て、あの家の前にさしかかった。わたしは庭で女と子供がふざけ合っているのを見て、思わず足をとめた。

女はフェンスの外に立っていたわたしを見つけ、にっこりと微笑みかけてきた。「こんにちは」と言う澄んだ声が響いた。まるでわたしが来るのを待っていたかのような言い方だったのが不思議だが、不自然さは覚えなかった。

長く伸ばした髪の毛を首の後ろで結わえている女だった。青いワンピースに、青と白のギンガムチェックの胸あて付きエプロン。化粧の跡が感じられない卵型の顔はつややかで、目を細めて笑いかけてくる表情は清潔感にあふれていた。

巻き毛の可愛い女の子が、はにかんだ様子で母親の後ろに回り、わたしを見つめた。女の子は、手に小さな緑色の如雨露《じょうろ》を持っていた。

わたしが慌てて軽く会釈すると、彼女はゆっくりとした足取りで、わたしのほうに近づいて来た。女の子も、母親と歩調を合わせてやって来た。

「お散歩ですか」

「え？　あ、はい。そうですけど」

女は晴れやかな表情で空を仰いだ。「今日は珍しく、いいお天気。久しぶりに洗濯物を干せたわ。ずっと、しとしと雨ばっかりでしたものね」

そうですね、とわたしは言った。どうして話しかけられているのか、理解できず、どぎまぎした。

「紫陽花《あじさい》がきれいに咲いたんですよ」彼女は言った。「何の手入れもしてないのに、花だけは毎年、きちんと咲いてくれるの。嬉しいわ」

彼女の視線を辿ると、庭の奥のほうに紫陽花の茂みが見えた。青紫色の見事な紫陽花が、たわわに咲きほこっていた。

きれい、とわたしは言った。ね、きれいでしょう？　彼女も言った。わたしたちは顔を見合わせて、微笑み合った。

テラスのあたりで人影が動いた。背の高い、がっしりした身体つきの男だった。煙草をくわえ、煙のせいなのか、それとも陽射しが強いせいなのか、目を細めてこちらを見ている。

「さしあげましょうか」と彼女は勢いこむようにして言った。

わたしが「は？」と聞き返すと、あの紫陽花、と彼女は笑みを崩さずに言い、足もとにまとわりついてくる女の子の両肩を抱いた。

「二、三本、さしあげましょうか」

いえ、そんな、とわたしは言った。「ちょっと通りがかっただけですから。そんなことまで……」

「かまわないんですよ」テラスの男が、埃だらけになったロッキングチェアに腰をおろし、煙草をくゆらせながら大きな声で言った。「どうぞ、持ってってください。たくさんあるんだから」

緑色に苔むしたプラスチックの屋根の下で、椅子に揺られるたびに、男の顔が見えたり見えなくなったりした。

気持ちのいい乾いた風が吹き、あたりの木々がさわさわと鳴った。さあ、と彼女は言った。「お入りになって。そっちの門からどうぞ。わたしは花鋏《はなばさみ》を取ってくるから」

あの時の彼女の、「さあ」という声が、今も耳に残って離れない。さあ、と彼女は幾分、急《せ》かすように言った。それは掛け声のようでもあり、こちらに何かを命じているようでもあり、同時に、友人を家に招き入れる時の優しい誘いかけのようでもあった。

どうしてあの時、何ら不自然な感情を抱かずに、誘われるまま、門に足を踏み入れたのか、わからない。それほどわたしは、あの家に、やっと会うことのできたあの家の住人に、抗《あらが》いがたい興味を抱いていたのだろうか。それともやはり、彼らがわたしの来訪を強く求めていたということなのだろうか。

気がつくとわたしは門から庭に入りこみ、花鋏を持って出て来た女と一緒に、紫陽花の茂みの傍《そば》に立っていた。

テラスでは相変わらず、ロッキングチェアを揺らす音がしていた。光の輪があちこちで躍っていた。あたりは静かで、時折、私鉄電車が走っていく音が遠くに聞こえるばかりだった。

「えり。ご挨拶は？」ロッキングチェアの上の男が、くつろいだ調子で言った。

こんにちは、と幼い女の子がわたしを見上げた。こんにちは、とわたしも言った。

「お名前は？」

「三浦えり」

「えりちゃん。年はいくつ？」

「五歳」

「じゃあ、幼稚園？」

えりは心もとない顔をして曖昧にうなずき、母親を見上げた。切り花にした紫陽花を手に、彼女が笑った。「幼稚園はお休みしてるのよね、えりは。だから、毎日、おうちにいるのよね」

そうだったの、とわたしは言った。どうして幼稚園を休んでいるのかわからなかった。病気なのだろうか、とちらりと思ったが、それは聞かなかった。少なくともえりは健康そうで、とても病気には見えなかった。

女はわたしに紫陽花を手渡そうとしながら、ためらう様子もなく言った。「何か冷たいものでも召し上がっていきませんか」

わたしは黙っていた。彼女はわたしの当惑をよそに、浮き浮きした調子で続けた。

「ちょうどうちでも、お茶の時間にしようと思ってたところなの。ご一緒にいかが？」

わたしが答えに窮していると、ロッキングチェアの男が立ち上がり、テラスの柱に身体をもたせかけて、両腕を組んだ。いたずらっぽい少年のような表情と、気障《きざ》とも言える大人びた身のこなしとが、奇妙に同居している男だった。

彼女が身につけているエプロンと似たような、青と白の格子縞《こうしじま》のワークシャツにジーンズ姿。若い男の長髪がはやっていた時代だったから、短くクルーカットのようにした髪の毛は、わたしの目に新鮮な印象を残した。

「入りませんか」と彼は言った。言いながら、くわえた煙草を人さし指と親指とでつまみ、中指を使って地面に灰を落とした。光の中で細めた目が、まっすぐにわたしを見下ろした。「アイスティー。アイスコーヒー。ビール。ウィスキー。ワイン。なんでもありますよ」

手作りのクッキーもね、と女は言い添え、庭にいた女とテラスにいた男とは、そこで初めて顔を見合わせ、幸福そうにくすっと笑った。

吸い込まれるような感覚がわたしを襲った。近づきたい、とわたしは思った。この人たちにもっと、もっと、近づきたい。近づいて、話をし、できればその肌に触れながら、長い時間を過ごしたい……そう思った。

男が煙草をテラスの床で踏みつぶし、「さあ、どうぞ」と言って、すっと片手を伸ばしてきた。その仕草は驚くほど型破りなものに見えた。彼はまるで、わたしがその手に魅せられ、その手に向かって歩き出すことを知っていたかのようだった。

あふれかえる陽射しの中で、わたしはぼんやりと立っていた。プールの底にいる時のように、あらゆる音がくぐもって聞こえた。

男の魅力的な笑顔が次第に近づいてくるような感じがした。彼の腕が、手を伸ばせば届きそうなほど近くに迫ってくるような感じがした。だが、よく見ると、それは間違いで、わたし自身が男に向かって歩き出しているのだった。

家の中は薄暗く、涼しかった。窓という窓は、すべて開け放されていた。花が飾られた窓辺では、白いレースのカーテンが揺れていた。洗いたてなのか、カーテンが風をはらむたびにあたりに石鹸《せっけん》の香りが漂った。

氷を浮かせたアイスコーヒーをごちそうになりながら、わたしは彼らの自己紹介を受けた。男は三浦芳雄《よしお》。女は妻の悠子《ゆうこ》。わたしも名前を名乗った。新潟から出てきて、隣町の女子大に通っている、と教えたのだが、夫妻はわたしの暮らしぶりについてはさほど興味を持っていなかったらしい。適当にうなずき返しただけだった。

そのためわたしは、毎日、同じコースで散歩に出ている理由は言わなかった。彼らもそのことについて、何も聞いてこなかった。

悠子は三十歳、芳雄は三十四歳だった。芳雄は、骨董品店を経営している、と言った。店は赤坂の裏通りにある、よかったら、一度、遊びにいらっしゃい……そう言われたのだが、結局、わたしは一度も店に行かなかった。芳雄はいつ行っても家にいた。わざわざ赤坂まで出向いて行かなくても、わたしは芳雄に会うことができたのだ。

だが、もし訪ねていたら、どうなっていただろう、と今も思う。赤坂の彼の店を訪ねたら、あるはずもない彼の店は、やっぱりそこに、まるで現実そのものであるかのように存在していたのだろうか。

あれから、時々、考えた。行ったことのない、見たこともない、赤坂の店での情景だ。わたしがおずおずと店に入って行く。ジーンズ姿の芳雄が「よく来てくれたね」と言って、迎えてくれる。あたりには古い家具が発散する、湿気《しけ》た土のような匂いが漂っている。他に人は誰もいない。客も悠子もえりも。わたしたち二人きりだ。

芳雄は、短くなった煙草をくわえ、目を細めてわたしを見つめる。微笑むたびに美しい曲線を描く、あの途方もなく魅力的な唇が、仄暗い店先の、わたしのすぐ目の前にある。

わたしは胸が詰まる思いにかられ、目をそらす。芳雄は、さあ、と低い声で言う。お入り。奥でコーヒーでも飲もう。

そんな芳雄も、店そのものも、実在のものではない。そうとは知らずに、わたしはひとときの幸福に酔いしれることになっただろう。かすかに胸をよぎる悠子への罪悪感に、甘美な苦しみを味わうことになったのだろう。

そうに違いない。

わたしは毎日、散歩の途中で彼らの家に立ち寄るようになった。行くたびに、芳雄も悠子もえりも家にいて、心あたたまるもてなしをしてくれた。

何を喋っていたのか、よく覚えていない。覚えているのは、わたしの心を満たしていた幸福感だけだ。わたしは彼らの家の居間でくつろぎ、悠子がいれてくれる紅茶やコーヒーを飲み、悠子の手作りだというお菓子をつまみ、笑い、うなずき、目を輝かせた。そこには、生まれて初めて感じる友情があった。親密さがあった。胸躍る感情があった。

芳雄はいろいろな話をしてわたしを楽しませてくれた。まるでわたしを楽しませることが、彼の楽しみのようでもあった。うぬぼれかもしれないが、本当にそうだったのだ。

芳雄はいつ会っても活《い》き活《い》きしていた。青みがかった灰色のように見える瞳は光をたたえ、きらきらしていた。わたしが笑うと、彼も笑った。可笑しくもないことでわたしが笑い出すと、つられるようにして彼もまた、笑い出した。

わたしと芳雄がそうやって笑っている間、悠子はにこにこしながら台所と居間とを往復し、空《から》になったわたしのカップにお茶をいれてくれたり、お菓子や果物を運んできたりした。時には話に割って入り、芳雄に代わって面白い話、楽しい話をしてくれた。わたしたちの笑い声に彼女の笑い声、そして、えりの笑い声が重なった。

えりはわたしにすぐに懐いた。可愛がっていたウサギのぬいぐるみをわたしに抱かせ、手をたたいて喜んだり、わたしの膝の上に乗って来て、大きな猫のように甘えたりした。えりの茶色い巻き毛に鼻を埋《うず》めると、干し草のような匂いがした。

わたしは彼らの家で、よく食べ、よく飲み、よく笑った。あれほど気分がすぐれない人生を送っていたというのに、彼らの家にいる時のわたしは、死の床から生き返った人のように元気だった。

時には、悠子が作った夕食を食べて帰ることもあった。食事はすすんだ。それどころか、これまで何年も満足な食事をしたことがなかった人間のように、わたしは出された食事を飢えた子供みたいに平らげていった。

六月の末ころだったか。夜顔の苗を手に入れたから、と言って、お茶の途中で悠子がわたしを庭に誘い出した。素焼きの鉢に植えられていた苗は、すでに長く芽を伸ばしており、庭のどこかに植え替えてやる必要があった。

えりが「あたしも」と言ってテラスから出てくると、芳雄もまた、くわえ煙草のまま庭に降りて来た。わたしたち四人は、庭を歩きまわり、どこに植えればいいのか、意見を交換し合った。

　夜顔は、名前の通り、夏の夕方から夜にかけて花を咲かせる。暗くなっても、家の中から花が見えるところがいい、と悠子が言ったので、結局、芽吹いた苗はテラスの脇に植えることに決まった。

　わたしは悠子が手慣れた手つきでスコップを使うのを見ていた。十センチほどの深さの穴を掘ると、悠子はわたしが手渡した苗をそこに埋めた。

　蔓《つる》はテラスの柱に絡ませるようにすればいい、と芳雄が言った。そうね、と悠子はうなずき、しゃがんだまま、わたしを見上げた。

「花が咲いたら、四人でテラスに出て、花を見ながらお茶を飲みましょうね」

　ええ、是非、とわたしは言った。「夜顔の花はいつ咲くんですか」

「早ければ八月。遅くても九月かな。違ったかしら」

「その通り」と芳雄は言った。

　悠子は微笑み、甘えたような仕草で芳雄の腕に手を伸ばした。芳雄は悠子の手を取り、立ち上がらせた。夫婦のさりげない視線が交錯した。

　誓って言える。わたしは悠子が好きだった。悠子の美しさ、悠子の優しさ、優雅さ……そうしたものを疎ましく思ったことなど一度もない。夫婦の仲のよさを妬んだこともない。芳雄を独り占めしたいと思ったこともない。

初めて庭先で声をかけられた時から、わたしは悠子に惹《ひ》かれていた。悠子という女性の中に、わたしは自分自身の理想を見ていた。

わたしが芳雄に恋に似た感情を抱いたとしても、それとこれとは別だった。悠子は芳雄の妻でなければならず、芳雄は悠子の夫でなければならなかった。芳雄と悠子が固く結ばれた夫婦であり、えりという愛らしい子供がいて、その隅のほうに、わたしというちっぽけな人間がひっそりと幸福な影のように寄り添っている……わたしはそういう風景を望んでいた。他に望むことは一切、なかった。

井村さんには、たいそう驚かれた。わたしの顔色がよくなり、それればかりか身体に少し肉がつき、毎日、笑顔で出かけて、笑顔で戻って来るからだ。

「元気になったのねえ」ある時、夕方になってアパートに戻ると、廊下の掃除をしていた井村さんとばったり会い、そう言われた。

「見ちがえるほどだわよ。それにすっかり、きれいになって」

「井村さんのおかげです」とわたしは言った。「実は最近、友達ができたんです。駅の向こう側に住んでいる人。散歩をしてて、知り合ったんです」

「おやまあ、そうなの。よかったわねえ」井村さんは目を丸くし、何度も何度もうなずいた。「主人と噂してたのよ。彼氏でもできたんじゃないか、って。最近、急に活き活きして、おまけに美人になっちゃうんだもの。そのお友達って、男の人なんじゃない？いいのよ、隠さなくったって。あんたぐらいの年頃の女の子は、恋の一つや二つ、しないほうがおかしいんだからさ」

わたしは耳まで真っ赤になった。そんなんじゃありません、とわたしは言った。否定すればするほど、顔の赤みが増すのがわかった。

井村さんは笑った。「ほら、図星だ」

違いますよ、と言い返しながら、わたしは自分の芳雄に対する淡い気持ちが、雪崩のようになって襲いかかってくるのを覚えた。

ずっと井村さんと話を続けていたかった。芳雄のこと、悠子のこと、えりのことを聞いてもらいたかった。芳雄という人がどれほど魅力的で、どんなふうにわたしの心をとらえたのか、飽きることなく喋り続けていたかった。

だが、できなかった。胸を焦がしている密《ひそ》かな思いを他人に聞かせるのは難しい。ただでさえ難しいというのに、わたしは、人にそんな話をした経験がなかった。どう切り出せばいいのやら、わからなかった。

わたしが黙っていると、井村さんは「ほんとによかったね」と言い、ぽんとわたしの肩をたたいた。

わたしはドアの鍵を開け、自分の部屋に入った。入ってから、ドアにもたれて大きく息を吸った。また明日も会える、芳雄に会える……芳雄と会う、そのひとときを手にするためだったら、すべてを……自分の健康、命ですら、なげうってもいいとさえ思ったわたしは、人生の至福の瞬間を迎えていた。

七月になり、大学が夏期休暇に入った。わたしは帰省するのがいやだった。芳雄たちに会えなくなってしまうからだ。

親に手紙を書き、勉強が忙しくて大学の図書館で調べものをしなければならなくなったから、と嘘をついた。お盆までには必ず帰るように、という返事があった。

だが、ある朝、井村さんが慌てふためいた様子でわたしの部屋に駆け込んできた。わたしの部屋には電話はなかった。緊急の用がある時には、大家の井村さんの電話で呼び出してもらうことにしていたのだが、私あてに電話がかかってきたことはそれまで一度もなかった。

電話よ、新潟のお母さんから、と井村さんは言った。様子がおかしかった。わたしが部屋から飛び出して行こうとすると、井村さんはわたしを引き止め、「気をしっかり持つのよ」と言った。

八つ年下の、当時中学生だった弟が自転車に乗っていたところを車にはねられ、重傷を負った……母は電話口で声をふるわせた。すぐに帰る、とわたしは言った。

芳雄や悠子、えりにそのことを伝え、せめて出発前に顔だけでも見て行きたかったのだが、さすがに彼らの家にまで行く余裕はなかった。わたしは大慌てで荷作りをし、井村さんに見送られてアパートを出た。新潟に着いたら、電話しよう、電話して芳雄や悠子に事情を伝えよう、とそればかり考えた。

新潟駅からタクシーで弟が収容されている病院に駆けつけた。弟は集中治療室のベッドに、この世のものとは思えないほど白い顔をして横たわっていた。想像していた以上に容態は悪いようだった。

丸三日間ほど、ろくに食事も睡眠もとらずに、弟の快復を祈り続けた。芳雄の家には電話はしなかった。こんな大変な時に、親の目を盗んでこそこそと恋い焦がれている人のところに電話をかけたりしたら、神様のバチがあたると思ったからである。弟の容態が好転するまでは、一切、芳雄と連絡は取るまい……わたしはそう決心していた。

その甲斐《かい》あってか、事故後四日ほどたってから、弟は意識を取り戻した。危篤状態は脱した、と医師から告げられ、ほっとした途端、今度はわたしが倒れた。

目を開けているだけで、天井がぐるぐる回り、呼吸が乱れた。手足がしびれ、背中に激痛が走った。苦痛は身体全体におよび、頭のてっぺんから足の爪先まで、正常に機能している部分は何ひとつなくなった。

精神的なショックのせいだろうと言われ、鎮静剤を飲まされた。だが、薬の効果はほとんどなかった。わたしは弟が入院しているのと同じ病院に入院し、各種検査を受ける羽目になった。

入院中、電話はおろか、手紙を書くことすらできなかった。うとうとしながら、芳雄や悠子やえりが出てくる夢ばかり見た。

夜顔が咲いたのよ、と夢の中で悠子が言った。悲しそうな言い方だった。どこに行ってしまったの？　一緒にテラスで夜顔の花を見ようって約束したでしょう？

えりがわたしにまとわりついた。わたしの鼻は、えりの巻き毛のかわいた匂いを嗅ぎわけることができた。えりの手の生温かい感触も伝わってきた。そしてそれらは、起きてからいつまでも生々しい記憶として残された。

芳雄は夢の中で、終始、口をきかなかった。彼の顔は、前衛的な映像のように次から次へと変化をとげた。変化した彼の顔の一部が、また次の一部に重なって、別の表情を作った。しまいには顔そのものの見分けがつかなくなり、わたしは彼の名を呼びながら泣きじゃくった。目覚めると、目尻に涙の跡があった。

検査の結果はすべて異常なしであった。医者からは、心身症の疑いがあるから、精神科を受診してみてはどうか、と言われた。両親もそう勧めてきたのだが、わたしは断った。他人に自分の心の中を見せるのはいやだった。

ひとまず、自宅で養生することに話が決まった。退院したその日、わたしは早速、芳雄の家に電話をかけた。何度、ベルを鳴らしても、誰も出て来なかった。

仕方なく手紙を書いた。宛名は芳雄と悠子の連名にし、芳雄に対するわたしの密かな思いが伝わらないよう、文章には気を配った。手紙の末尾に、えり宛の短いメッセージも書き添えた。

返事はなかった。何度か、電話をかけ直してみたのだが、三浦家はいつも留守だった。わたしは不安な気持ちを抱きながら、東京に戻った。九月になっていた。

アパートに荷物を置き、夏の暑さでうだるようになっていた室内の掃除もそこそこに、わたしは外に飛び出した。

残暑が厳しい日の夕方だった。踏切りを渡り、駅の向こう側に行くと、ふいに、ひぐらしの悲しげな鳴き声がわたしを包んだ。その声は、木々の梢をかいくぐり、遠くなったり近くなったり、まるで遠くに聞く波の音のように静かだった。

彼らはもう、どこかに引っ越してしまったのではないだろうか。わたしがいない間に、突然、何かの事情が変わり、新しい家、新しい土地に転居してしまったのではないだろうか。いや、違う。もしかすると、家が火事で焼けてしまったのかもしれない。家のあった場所には、瓦礫《がれき》の山が残されているだけなのかもしれない。そんな不安が喉元までせり上がってきた。

草が伸びた未舗装の道を早足で歩き続け、全身汗びっしょりになりながら、彼らの家が見えるところまで来た。わたしはほっとするあまり、腰から力が抜けていきそうになった。

彼らの家は、そのままだった。テラスの骨董家具も、庭の様子も。庭にはブランコがあった。洗濯物は干されていなかったが、テラスの柱から渡されたビニール紐は、以前と同じように宙でたわんでいた。

だが、どう言えばいいのだろう。わたしは、説明のつかない違和感を覚えた。

彼らの家は、どことなくくすんで見えた。蔦が這っている灰色の壁は、巨大な蜘蛛《くも》の巣で被われてしまったかのように、輪郭がぼんやりしていた。庭の草木も伸び放題で、中にいくつか、色のついた花が遠目からも窺えるものの、住む人もなく荒廃するにまかせた、ただの空き家のようにも見えた。

わたしは駆け出した。息を切らしながら走り続け、フェンスの外側までたどり着くと、声を張り上げた。「悠子さん！　えりちゃん！」

芳雄の名は呼ばなかった。その名を口にした途端、我を忘れるあまり取り乱してしまうのではないか、という不安があった。

家はしんとしていた。テラスに誰かが出てくる気配もなかった。近くで見ると、庭の荒れようはひどかった。門から玄関までのわずかな空間も、ぼうぼうの草で被われ、足の踏み場がなかった。

わたしは立ち止まった。湿気を帯びたかすかな風が、頬をかすめた。ひぐらしの声が高まった。悠子さん、とわたしはもう一度、呼びかけた。自分の声が、ひぐらしの鳴き声にかき消されていくのがわかった。

その時だった。玄関の扉が細く開いた。隙間から芳雄の顔が覗いた。覗いたと思ったら、次には芳雄の身体が、すうっと、玄関からすべるようにして外に出て来た。白いポロシャツにカーキ色のチノパンツ姿。顔はシャツの色よりもさらに白く見えた。

やあ、と彼は言った。嗄《しわが》れた弱々しい声だった。

「こんにちは」とわたしは、動揺をやっとの思いで隠しながら言った。「ごぶさたしてます。あの……風邪でもひいたんですか」

聞きながら、これは風邪なんかじゃない、この人は何かもっと別の、重い病気にかかっている……そう確信した。芳雄の目のまわりには、くっきりとした青黒い隈《くま》が浮いていた。

芳雄が病気になっているとは、夢にも思わなかった。芳雄だけではなく、家族全員が病気で寝こんでいたのかもしれなかった。だから、庭がこんなに荒れ果て、家全体がくすんで見えるのかもしれなかった。

わたしは自分の浅はかさを憎んだ。もっと早く、そのことに気づいていたら、身体の具合など物ともせず、這ってでもここに来ていたはずだったのに。彼らのために、できる限りのことをしてあげられたはずなのに。

わたしは眉をひそめながら聞いた。「何かあったんですか」

芳雄は答えなかった。答える代わりに、口元に、あの見慣れた微笑みを浮かべた。寂しそうな笑みだった。

「弟が事故にあって入院して、それで新潟に帰ってたんです」わたしは言った。「その後でわたしのほうまで具合が悪くなって、それでずっと向こうにいたんですけど……あの……何度も電話したんです。手紙も出したんです。でも、電話は通じなかったし、手紙の返事ももらえなかった。どこかに引っ越しちゃったんじゃないか、って心配で心配で、だから、こうやって……」

「僕たちはここにいたよ」芳雄は言った。「ずっといた。きみが来るのを待ってたんだ」

あの、と言って、わたしは一歩前に進み出た。わけがわからなかった。聞きたいことが山ほどあるのに、何から聞けばいいのか、見当もつかない。あれほど走って来たというのに、心臓は動きを止めてしまったかのように静かだった。

「悠子さんは？　えりちゃんは？　元気でいますか」

「みんなここにいる」芳雄は笑みを崩さずに言った。非のうちどころがないほど美しい骨格の白い顔。寂しげな微笑に、諦めのようなものが混ざっている。「みんなできみを待っていた。長い間、ずっと。ほんとだよ」

「わたしだって」そう言った途端、泣きたいような気持ちにかられた。鼻の奥がかすかに痛んだ。「わたしだって、どんなに会いたかったか」

とりわけ、あなたに……と付け加えたかった。だが、できなかった。涙がにじんだ。

「夜顔の花が咲き出したよ」彼は言った。声がひび割れた。声というよりは、ハモニカの不協和音のように聞こえた。「今日もまた、咲くだろう。いや、もう今時分から、咲き出すかもしれない。きみと一緒に見た……」

最後の部分だけ、よく聞こえなかった。わたしは「え？」と聞き返した。

「きみと一緒に見たかったよ」と彼は繰り返した。

「どうしたの、芳雄さん。何か変だわ」

「なんでもないよ」と彼は言った。「なんでもないんだ。来てくれて嬉しいよ。とっても嬉しい」

　彼の顔がふいに曇った。見るものすべてが、点描画のようにざらついた。まるで放送が終わった後のテレビ画面のようだった。

　ざらついた視界の中で、芳雄の背後が闇に被われていくのがわかった。彼の表情がぼやけ始め、闇に溶けていきそうになった。

　なのに彼は微笑んだままだった。目を細め、いつもの、あの眩《まぶ》しそうな視線をわたしに投げているのがわかった。彼はそのまま遠くなっていった。小さくなっていった。輪郭が失われていった。

「芳雄さん！」わたしは叫んだ。

「感謝してるよ」声だけが残された。「きみだけが頼りなんだ」

　涙があふれた。ざらついていた視界が、涙で洗い流されていくかのように、少しずつ鮮明な画像を取り戻した。

　気がつくと、わたしは門の外にいて、固く閉ざされたドアを見ながら茫然と立っていた。わたしは草をかきわけ、ドアに向かって突進し、真鍮のノブをわしづかみにした。ノブは錆びついていた。中からは鍵がかけられていた。

　門柱の下、ドアの脇、いたるところに、ポストからあふれ出した郵便物が散乱しているのが見えた。ダイレクトメール、ガスや電気料金の通知、何かの督促状とおぼしき葉書……。すべて雨に打たれ、染みを作り、太陽で焦がされ、泥だらけになったまま、たわんでいた。原型をとどめていないものすらあった。

中に比較的新しい郵便物があった。見慣れた文字がわたしの目に飛び込んできた。わたし自身がこの手で書いた、芳雄と悠子あての封書だった。白い封筒は、黄色く変色しており、万年筆の文字は半分、流れかかっていた。

わたしは弾《はじ》かれたようにして庭にまわった。生い茂った草が足をちくちく刺した。わたしの腰まで伸びきった草もあった。

あちこちで虫が鳴いていた。小さな蛾《が》がいっせいに草むらから飛び立った。

テラスに駆けあがり、居間に通じる窓に手をかけた。窓には蜘蛛の巣が張りついていた。

厚手のカーテンがおろされているのがガラス越しに見えた。わたしはおそるおそる、窓を引いた。意に反して窓は、するり、と音もなく開いた。軋《きし》み音ひとつ、たてなかった。わたしに開けてもらうのを待ち望んでいたかのようだった。

カーテンをめくった。むっとする腐敗臭が鼻をついた。わたしは口をおさえた。

中は暗かった。どの窓にもカーテンがおりていた。暗がりに目が慣れるまで、数秒の時間がかかった。

居間と和室との境にある欄間から、何かが二つ、静かにぶら下がっているのが見えた。ぶら下がっているものの真下には、布団が敷かれてあった。布団の上には、黒ずんだ人形のようなものが横たわっていた。

どこかで、ぶんぶん、という低い音がしていた。ぶら下がっているもの、そして布団の上のものに、蝿《はえ》がびっしりとたかり、羽音をたてているのだった。

わたしは叫び声をあげなかった。卒倒もしなかった。怖くはなかった。ただひたすら、悲しかった。

そこにぶら下がっていたのは、わたしがこの世で一番、愛した人たちだった。愛したのに、初めから失われていた人たちだった。

涼しい夕方の風が吹いてきて、室内の腐敗臭がいくらか弱まった。わたしはテラスの柱を振り返った。

夜顔が見事な蔓を柱に巻きつけ、美しい楚々《そそ》とした白い花を咲かせていた。きれい、とわたしは心の中で思った。ね、きれいでしょう、という悠子の声を聞いたように思った。わたしは気を失った。


三浦芳雄が一家心中をしたのは、わたしが彼らの死体を見つけた日の三ケ月ほど前だった。室内に残されていた遺書の日付は六月二日となっており、後の遺体解剖でもそのことは証明された。

芳雄は赤坂で始めた骨董品店の経営がうまくいかず、ノイローゼ状態に陥り、その年の五月初めに店を手放していた。知人、友人には、ロンドンに仕事を見つけたので、一家で渡欧する、と言い残し、姿を消したらしい。

芳雄と悠子は、若いころ、周囲の反対を押し切って結婚したため、肉親とのつきあいがなかった。したがって、彼らの行き先がわからなくなっていたことに、誰も気がつかなかった。誰一人として、彼らの家を訪ねては来なかった。誰一人として、彼らを本気で案じていた人間はいなかった。

さしたる借金はなかったようで、家を差し押さえにやって来る人間もいなかった。彼らはひっそりと、隠れるようにしてあの家で暮らし続け、六月に入ってすぐ、えりの首をしめてから、夫婦で寄り添うように欄間から首を吊った。

自分たちの死体を早く誰かに発見してもらいたい、と彼らは願っていたのだろう。死んだまではいいが、誰にも発見されずに、蛆《うじ》がわき、蝿にたかられたまま、いつまでもいつまでも欄間からぶら下がっていることに耐えられなくなったのだろう。

わたしは彼らによって選ばれた、特別な人間だった。毎日毎日、陰気な顔をして彼らの家の前を通り過ぎるわたしという人間の孤独が、あのころ、誰よりも孤独だった彼らに通じたに違いない。薄暗い家の中の欄間から、ゆらゆらとぶら下がっていた彼らは、わたしを見つけ、わたしの孤独に入り込み、わたしを夢中にさせたのだ。

わたしは死者を恋し、死者に焦がれていたことになるわけだが、今になってみても、あれが異様な体験だったとはどうしても思えない。わたしの中で、芳雄は今も、生涯でただひとり、愛した人として生き続けている。芳雄や悠子、えりと交わした友情は、生涯唯一のかけがえのないものとして残されている。

わたしは誰にも……井村さんにも、その話をしなかった。信じてもらえないことはわかりきっていた。誰だって、まともな人間なら、信じないばかりか、こちらの頭がどうかしてしまった、と思うに違いない。

だが、わたしは現実に彼らと共に食卓を囲んだのだ。彼らがもてなしてくれる飲物を口に運び、食べ、笑い、えりを膝に抱いて、その巻き毛に顔を埋めたのだ。芳雄の細めた眩しそうな目、口にくわえた煙草、わたしに向かって伸ばされた太くたくましい腕……わたしの胸を熱くしたそれらのものは、すべて現実にわたしがこの目で見たものなのだ。

悠子がわたしに手伝わせて庭に植えた夜顔は、わたしが彼らの死体を発見した時、美しい花を咲かせていた。あの花もけっして幻ではなかった。悠子が現実に、どこからか夜顔の苗が植えられた鉢植えを持って来たのだとしか考えられない。

もしも、当時のわたしをどこかで観察していた人間がいたとしたら、わたしの姿はその人の目に、どんなふうに映っていただろう。荒れ果てた家を訪れ、独り言を言い続け、一人で笑い、一人でうなずき、一人で夜顔の苗を植えるわたしがいたのだろうか。誰もいない宙に向かって「じゃあまたね」と言い、「ごちそうさま。おいしかった」と、にこやかに手を振るわたしがいたのだろうか。

だが、そんな時でも、わたしの目の中では芳雄や悠子が微笑み、えりがかん高い声で笑っていたのだ。わたしには彼らしかいなかった。彼らしか見えていなかった。

あれから二十数年たつ。不運な人生で、何もかもがうまくいかなかった。

二十八の時、親に勧められて新潟の造り酒屋の次男坊と見合い結婚したのだが、姑との折り合いが悪く、身体をこわして離婚した。

夫となった人のことをわたしは愛することができなかった。わたしの頭の中には、芳雄が生き続けていた。わたしは結婚しても、誰もが魅力的だと口をそろえて言うような男性を目の前にしていても、常に芳雄を思って夢を見ているような人間だった。そんな女が平凡な幸せを手に入れることはできっこない。

離婚してから再び上京し、一人暮らしをしながら会社勤めを始めたのだが、三十五の時に母が、三十七の時に父が、さらに三十八の時に独身だった弟が、それぞれ病気で亡くなった。わずか三年の間に、三回も葬式を出すことになったわたしは、勤めを辞め、住む人のいなくなった実家を処分し、余ったお金で信州の別荘地に廃墟《はいきょ》同然の家を買った。

思い出すことと言えば、芳雄や悠子やえりのことばかりだった。友達は一人もいなかった。わたしは完全な世捨て人だった。

ふわりと吸い込まれるように死にたくなった。わたしは短い遺書をしたため、風呂に入って身体を念入りに洗い、新しい下着、新しいワンピースを身につけてから、一階の梁《はり》にロープをかけ、首を吊った。

死んでから一週間たつ。まだ誰にも発見されない。別荘地のことゆえ、あたりには誰も人が住んでおらず、仕方がないと思いつつも、さすがに一週間も梁からぶら下がっていると、みじめな気持ちになってくる。

時は七月。もうすぐ夏休みに入る。夏休みに入ったら、いくらかこのあたりにも人がやって来て、賑やかになるだろう。

方法はわかっている。力を使うのだ。そういうことをわたしは彼らから学んだ。けっしてあきらめることなく、最後の力をふりしぼって深い眠りの底から甦《よみがえ》り、念じ、求め続けること。誰かの意識の中に入りこむこと。そして、わたしを見つけてもらうこと。

早くしないと、この身体がぼろぼろになってしまう。いくらわたしだって、うるさい蠅にたかられながら、いつまでもぶら下がっていたくない。

誰かに知らせたい……わたしはそう念じている。誰がいいのだろう。誰でもいいわけではない。理解してくれる人。わたしを愛してくれる人。そんな人が近くを通りかかり、わたしの孤独な気持ちを受け入れてくれるまで、私は辛抱強く、じっと黙って、ゆらゆら揺れながら待ち続けている。

鬼《き》棲《せい》

京極夏彦

出窓から差し込む午後の陽は、ニードルレースのカーテン越しに細かく分断されて柔らかな点となって部屋に降り注いでいる。差し込むというより降り注ぐという感じである。光のドットは良い感じで部屋のあれこれの輪郭を曖昧《あいまい》にしてくれている訳だが、それでも明暗だけは瞭然《はっきり》とつけられているから、まるで点描の絵画のようだ。

窓には磁器人形《ビスクドール》が座っている。

正確には置かれているというべきなのだろうが、やはり座っていると表現したくなってしまう。生きているようには見えないけれど、ただの置物には決して見えない。瑞々《みずみず》しい皮膚《はだ》の質感などは、およそやきものとは思えない。かなり古いものだ。制作年代は遥《はる》か昔だそうで、聞けば百年だか二百年だか前だというから、正真正銘の骨董《こっとう》である。

この家より、持ち主よりうんと古い。

アンティーク・ドールである。

衣服などはもう相当に古びていて、触ると破けそうな具合なのだが、人形の肌の質感だけは変わらない。

僕が生まれた時は既にここに置いてあった訳だから、少なくとも二十五年以上はずっとこの恰好《かっこう》で、ずっとこの場所にあるということになる。

そんなに永い間着たきりなのだ。

尤《もっと》も、人形は汗もかかないし脂も出ない。動くこともない。衣装が傷むこともないのだろう。だからといって、衣装の素材は普通の布だ。ただの布というのはそんなに長期間保《も》つものなのだろうか。もしかしたら、下手に触ると服が破けてしまう虞《おそ》れがあるから、ずっとここに置いてあるのだろうか。

兎《と》に角《かく》、記憶にある限りこの人形が動かされた様子はない。

その割に、埃《ほこり》が付いている様子もないし、日焼けもしていない。そういうものなのかもしれない。

こんなに西陽が入るのに。

そんなことを考えていると、伯母《おば》が背後のドアを開けた。紅茶の香りがする。伯母は紅茶が好きなのだ。

「外を見ているの？　人形を観《み》ているの？」

伯母はそう言った。

「こっちの方角に顔を向けていただけですよ。何も視《み》てません」

「そうなの」

お紅茶ですよと伯母は言った。香りで判りましたよと答えた。

「あら、あなた紅茶が判るようになったの」

「紅茶だということしか判りませんよ。種類が判るもんですか」

「そうなの。今日は祁門《キーマン》なの。香りが甘くない？」

「さあ、美味《おい》しそうだとは思いますが、この間戴《いただ》いたのと違いは判りません。飲んだって判らないかもしれない。味覚も嗅覚《きゅうかく》も、大雑把なんです。いや、それ以前に僕は日本人ですからね。イギリスの人なんかは判るんですかね？」

伯母はころころと笑う。

佇《たたず》まいも、声音《こわね》も、この部屋に能《よ》く合っている。

「あなたも大きくなったのね。この間までこんなにちっちゃかったのに」

「どういうリアクションなんです。育つのと味が判らないのは関係ないでしょう」

「そういう理屈を言うようになったんだなと思ったのよ」

「僕の味覚は日本人の味覚なんです。緑茶や番茶の方が判りますよ。日本で紅茶できないでしょう」

あらできるのよと言って、伯母はカップを僕の前に置いた。

慥《たし》かに甘い香りがした。

「発酵の度合いの問題だもの。茶葉が採れれば作れるでしょ。国産の紅茶もあるし、美味しいわ」

「そうかもしれませんけど」

「それに、イギリスの人は紅茶を好む文化を持っていて、だから沢山紅茶を飲むんだけれど、紅茶の産地はインドやスリランカじゃない。この紅茶だって中国産だわ」

「まったく知りませんでした。物知らずです。無駄に大きくなりました」

本当にねえと言って伯母は僕を眺めた。

少しばかり照れる。

親戚《しんせき》の、しかもお婆さんに視られたところでいったい何が恥ずかしいのかという話なのだが、どうもいけない。年齢如何《いかん》に拠《よ》らず、女性として意識しているということもない。伯母は服装やライフスタイルも含めて、徹底的にユニセックスな人だ。

人だけれども、男でも女でもない。

そんな人だ。

「でも人生に無駄はないわ」

どうしても無駄というなら全部が無駄ねと伯母は言って、また笑った。

伯母は、父の双子の姉ということになっている。

多分、違う。子供の頃からそう教えられていて、勿論《もちろん》疑ったことなんかはなかった訳だけれども、違うんだと思う。父と伯母は、まるで似ていない。とはいえ、双子でも二卵性双生児はそんなに似ていないこともある訳だが、問題は戸籍だ。

父が亡くなった時に発覚したのだ。

どうも父は一人っ子だったらしい。

祖父母は疾《と》うに他界しているし、父方の親戚というのはいない。母は知っていたのだろうけれど、母も僕がまだ幼い時分に亡くなっているから、確かめようもない。

今更本人に尋《き》くこともできない。

いや、できないことはないのだけれど、もう知りたくないという気持ちの方が強い。

伯母はずっと伯母であり、この期《ご》に及んでそうでなかったと言われたところで、僕はどう受け止めていいのか解らない。

違っていたとして――。

ならこの人は誰だということになるのだし。

素性はどうであれ伯母は昔からずっと伯母で、今も僕の伯母だ。

ただ、どうであれ、伯母はもう若くはない。父の双子の姉であってもおかしくない年齢ではある筈《はず》なのだから、若くないということだけは間違いないだろう。

父は十五年も前に亡くなっているのだけれど、生きていたならもう六十を軽く超している勘定になる。亡くなった人の年齢は亡くなった時点で止まってしまうものだけれども、生きている人は齢《とし》を取る。父は僕がまだ十歳になったばかりの頃に死んだ。その時もう五十歳は過ぎていたと思う。僕は、遅い子供だったのだ。

享年五十だったとして、生きていたなら六十五歳である。

でも、伯母はそんな年齢にはとても見えない。知らなければ四十代くらいに見えないこともない。時にもっと若く思えることもあるくらいだ。

時たま、少女のように感じられる時さえある。

無意識のうちにそんな風に見てしまっていて、慌てて打ち消すこともある。

この人はお婆さんだ。どこか世間擦れしていない話し方や、立ち居振る舞いがそんな風に見せるのだろう。顔も、体形も、昔からそんなに変わっていないと思う。髪の毛だって、染めているのかもしれないけれど、黒い。服装もずっと同じだ。

勿論、窓辺の人形とは違うから、同じものをずっと着ている訳ではない。

でも、記憶の中の伯母は概《おおむ》ね同じような服装だ。黒いセーターに、灰色のパンツ。季節感もない。多分夏は薄手のものを、冬は厚手のものを着ているのだろう。

あまり考えたことはなかったが、そうでなくてはおかしいだろう。

半袖《はんそで》の服を着ている記憶もない。伯母はいつも長袖だ。

若い頃の伯母の写真など見たこともないけれど、娘時分からずっとこうだったとするなら、かなりボーイッシュなスタイルの娘さんだったのだろうと思う。

伯母はずっとこの家に棲《す》んでいる。

この、半端な広さの、半端に古い、半端に立派な洋館は父の生家である。

大正八年に建てられたのだそうだ。

もうちょっと大きくて、もう少し古くて、もう僅《わず》か立派だったなら、まあそれなりの評価を得られる洋風建築なのだと思うけれど、そんなことはない。ただの古い家だ。

伯母はもう、ずっと独りでここに棲んでいるのだ。

父は、母と結婚した時に家を出たんだと能《よ》く言っていた。

父方の祖父母はそれより前に亡くなっていたようだから、それなら伯母はもう、四十年もずっと独りでここに棲んでいるのだ。一人暮らしを始めた頃、伯母はまだ二十五歳くらいだったということになる。

今の僕と同じだ。

二十代の伯母など想像することもできない。

僕が生まれた頃には、伯母は四十歳見当だったことになる。

そんなものだろう。

僕の記憶の中の伯母は最初からそのくらいの年齢だ。そして、ずっとそのまま変わらないのである。今だって、そんなものだ。

いつまで嗅《か》いでいるのよと伯母は言った。

「冷めてしまいますよ」

「ああ、いや、本当に甘いですね」

「甘くないのよ、でも」

「甘いですよ。甘いって言ったじゃないですか」

「匂いだもの。甘いって、味でしょ」

「そうだけど――」

僕は、透き通った赤い液体を眺める。

「勿論甘味もあるんだけど、香りから想起する甘味とはまるで違うものだわ。お砂糖を入れでもしない限りはお茶の味。お茶はお茶だもの」

「揶《から》ってます？」

揶ってないわと明るく言って、伯母はお茶を飲む。

「美味しい。あのね、香りが甘いって、予感だと思うの」

「予感？　解りませんね」

「だってそうじゃない。アップルティーなんかは、林檎《りんご》の香りがするわよね。だからあの果実の甘味を予感してしまうの。でも、アップルジュースじゃないんだから、アップルティーにあんな甘味はないのよ。お茶はお茶なのよ」

「市販のヤツは甘いですけど、あれは甘くしてるんですね。でも――林檎ジュースは甘いですけど、考えてみればそんなに香りませんね」

冷たいものね、と伯母は言った。

「お茶の場合は想像しちゃうのよね、林檎の味を」

「味覚って、総合的なものなんじゃないんですかね。見た目も含めて」

まさにそうよねえと伯母は言う。

「味や香りって、表現しにくいのよ。ほら、薔薇《ばら》の香りとか麝香《じゃこう》の香りとか、柑橘《かんきつ》系だとか。もうそのもので、何の説明にもなってないでしょ。それはどんな匂いなのと尋かれたって、答えられないわ」

「まあそうですね」

「甘い香りとか、酸っぱい香りとかだって、味でしょ。で、その味だって、所詮《しょせん》甘いか辛いか苦いか、そんなものよ」

「えぐ味とか」

「それって、結局ちょっと苦い——てことかしらね」

「さあ」

考えたこともない。

「所詮は組み合わせなのよね。生理学的には五種類しかないみたいよ。甘味、塩味、酸味、苦味、それからうま味ね。うま味って、どんな味なのか表現できないわ。でもあるのよ、うま味って。渋味だってえぐ味だって、だから組み合わせなの。どんな味もこの五つの組み合わせなのに、その微妙な差を表す言葉って、そんなにないのよね」

「辛いのはどうなんですか」

「刺激が強ければ何でも辛いんじゃないの？　激辛って、あれは味じゃないのよね」

「そう言われればそうですけども」

「中国語だと、塩辛いは咸、辛いは辣、舌が痺《しび》れちゃうのは麻。咸に麻がちょっと足されると辣って感じなのよね。カレーって辛いけど、実は酸味がベースなのよ。あれは塩味じゃないでしょう。酸に麻を加えたのがカレーの基本。後は足してくの。結局組み合わせね」

組み合わせた後の言葉が少ないのよと伯母は言う。

「困っちゃうのよね」

伯母は、翻訳の仕事をしている。

翻訳家というと、英語だとかフランス語だとか――概ね欧米、そうでなくてもロシア語なんかと思われがちなのだけれど、伯母は中国語の翻訳が専門である。もう何十年も続けているのだから本も何冊も出ているようなのだが、実は読んだことがない。どんなものを訳しているのかすら知らない。

「色なんかはすごく語彙《ごい》が豊富なのよね。日本語にも色の名前は沢山あるでしょう。あり過ぎちゃって名前を聞いただけじゃどんな色なのか判らないという人も多いみたいだけど。まあ、色の名前も匂いと同じで基本はものに拠ってるんだけども、臙脂《えんじ》に韓紅花《からくれない》に深緋《こきあけ》に、それは細かく名付けられていて、しかも平安時代の服飾では組み合わせた時の名前まであるのよ。表地が紫《むらさき》で裏地が紅《くれない》だと脂燭《しそく》色、とか」

伯母はこういう話をする時は楽しそうだ。

眼が、若々しい。

「僕は、浅葱《あさぎ》色をずっと赤っぽい色だと思ってました。恥ずかしい話ですが、子供の頃じゃなく、つい最近まで。何か刷り込みがあったんでしょうけど、漢字を知って、おやと思って考え直し、それからは黄緑色だと思い直したんだけど、どうやらそれも違いましたね」

「緑ではないわねえ。寧《むし》ろ薄い藍《あい》だから、緑味は薄いかも。あなた、萌葱《もえぎ》色と雑《ま》じってるんじゃないの？」

「そんな偉そうな間違いじゃないです。ネギはまあ緑だろうという不見識が齎《もたら》したもんですよ。僕は桃色と桜色の違いも判りません。みんなピンク色ですよ。親父が買ってくれたクレヨンが十二色しかなかったんですよ」

「十二色にピンクはあるの？」

「あったと思いますよ。基本、原色と白黒と中間色でしょう、覚えてないけど」

「中間色って、緑と紫と橙《だいだい》ってこと？　まだ足りないわ」

「白と青で空色、白と赤でピンクですよ。後、茶色と黄緑だったかなあ。色鉛筆も絵の具も親父が買ってくれたのは十二色でした。まあ絵の具は混色できるけれど、他は無理ですからね。多くても精々二十四色でしたね。そういえば、あの、絵の具の黄土《おうど》色とか群青色とかは何故《なぜ》入ってるんですかね」

あの群青色ってちょっと違うのよねえと伯母は言った。

「あなたのお父さんは、芸術系にはまったく無頓着《むとんちゃく》だったから。子供の頃に描いた絵なんかそれは酷《ひど》かったもの。ずっと馬だと思ってた絵が、鶏《にわとり》だったの。脚が四本あるだけじゃなくて羽すらなかったの。ただ鶏冠《とさか》はあったのよねえ。鶏、見たことない訳なかったんだけどもねえ」

「余計なことは記憶しない人なんですよ。ニワトリは余計だったんじゃないですか」

父はとても合理的な人だった。

「鶏は余計じゃないわよ。鶏に悪いわよ」

ねえ、と言って伯母はまたころころと笑った。

屈託がない。

父が子供の頃、この人も子供だったのだろうか。

「でも、余計なものを記憶しないって、不幸なことだわ。あのね、桃色を目にすると桃の花の香りが甦《よみがえ》る。桜色を目にすると桜の花の香りが甦る。そういうものなのよ。味も一緒。喚起される記憶が多い程、人生は豊かよ。濃《こま》やかな記憶こそが、人を人にしているのよ」

「はあ」

色の区別がつかないだけでなく、桃と桜の香りの違いが曖昧だ。嗅ぎ比べてもわからないかもしれない。

「予感って、記憶でしょ」

時たま、伯母は判らないことを言う。

「いや、予感って先のことでしょう。記憶は過去のものじゃないですか」

「過去の何かを未来に当てはめるのが、予感じゃない。だって、先のことなんか判らないんだし、実際起きてしまうまでは――ないのよ？」

「ああ。そうか」

「ものを知ることは素晴らしいことね。想像力想像力っていうけど、経験値を上回る想像力なんかないわ。見聞きしたことのないものは想像できないのよ。知っているものをどう組み合わせるかってことよ。組み合わせることで未知のものを予測することこそが想像力だと思うの。なら、組み合わせの素材は多い方が好《い》いでしょ」

「そうですか？　何にもないとこから想像できませんか」

「それは創造。字が違うわよ。でも、何か作るにしたって、自分のいる世界そのものは変えられないんだから、やっぱり同じことよ。ベースになってるのはその人が知ってること。自分が生きてる世界と無関係なものを生み出すことなんか、人にできることじゃないのよ。世界自体を創造できるなら、それって神様じゃない。どんなに変梃《へんてこ》なことを考えついたとしたって、能《よ》く能く考えてみればどれも自分の知識を逸脱するようなもんじゃないのよ。どうであれ選択肢は多い方が好い訳だし」

人は予感するから人なのよと伯母は言った。

「動物だって予感くらいあるでしょ」

「ないわよ。学習はするけれど、あれは、起きたことに対する反応。こうなればこうなる、ということを学習するから、それに対して適切な反応をするだけよ。動物は人よりも色々なところが鋭敏だから、速く反応するだけ。それを予知というなら予知なんだろうけど、鯰《なまず》が地震を予知するのはそれに相応《ふさわ》しい刺激があるからなのであって、別に摩《ま》訶《か》不思議なものじゃないでしょ」

「予知と予感は違いますかね」

「違うのよ」

伯母は窓の人形を眺めた。

「次に何が起こるか予《あらかじ》め知るのが予知。予め知るというんだから、予知は絶対に外れない筈よね。というか、当たり外れとは関係ないのよ。一足す一という数式から二という答えを導き出すのと同じこと。予知能力とかいうなら百パーセント的中しなくちゃ嘘なのよ。ちょっとでも外れたらそんなものは予知じゃないわよ。精々予想か、そうでなければ期待か、多くは単なる山勘よ」

そうかもしれない。

「じゃあ予知というのは、色んな条件から先を知る、ということですかね？」

「条件を考慮して先のことを推し量るのは予知じゃなく予測よ。これは外れることもあるわね。天気予報って、だから天気予測ってことよね」

「予感は？」

「予感は、根拠が何もなくたってするものなのよ。人は、何もなくても何かを感じるものなの。直接的な因果関係がなくたって構わないの。人は常に何かを予感しているんだわ。希望だったり絶望だったり、そういう内面の動きも予感を作り出すわよね。人だけが予感を持つのよ。というか、予感するから人なのよね。一番判り易いのは、恐怖ね」

「そうですか？　動物だって怖がりますよ」

「何かなければ怖がらないわよ。弱い動物程臆病《おくびょう》だっていうけど、まあそれはそうなんだけど、だからといって無闇矢鱈《むやみやたら》に怖がる訳じゃないでしょ。何か身の危険に至るようなことが起きれば、それは対処するわよ。動物は生きるために生きてるんだから、生命の危機は回避するでしょう。弱い動物は危機が多いから、反応も速いし反応する機会も多いのよ」

「人も同じでしょ」

「そうかしら」

伯母は立ち上がって、人形の傍《かたわら》に佇んだ。

「あなた、子供の頃この人形が怖いって泣いたわ」

「え？　そうでしたっけ？」

覚えてない。

でも、そう言われればそうかもしれない。

「これは人形。動くこともないし、意思もない。ただのモノだわ。これがあなたに危害を加えることなんかなかったし、ないの。でもあなたは怖がったのよ」

人形って怖いじゃないですかと言った。

「幼いと特に。生きてるみたいだし」

「生きてると怖い？」

「いや――」

「子供だって生きてるか生きてないかくらいの判断はできるのよ。生きてないのに、生きてるような気がするから怖く感じるのじゃないの？　これ、角が生えてる訳でもないし牙《きば》が出てる訳でもない、どちらかというと可愛らしい顔よ。生きてたとしたって可愛い女の子じゃない？　どうして怖いの？」

「いやあ」

判らない。

「予感――がするのよ」

「何の予感です？」

「生き物でもないのに生きてるみたいだから、もしかしたら動くかもって考えるんじゃないの。無生物が動くって、理不尽よ。動かないんだけど、動くかもしれない。動いたら厭《いや》だけど、そういう予感がするのね。恐怖って、全部予感なの。だって、そう、殺人鬼は怖いけども、それは人を殺すからよね？　殺されるような気がするから、怖いのでしょ？　実際殺されちゃったら、怖いも何もないわ」

「殺人鬼と同席したことないですけど、まあそうですね」

「高所恐怖症って、高い処が怖いのよね。あれは、墜《お》ちる予感がするから怖いのでしょう。墜ちないと解っていても墜ちる気がするのよね？　命綱をつけたって切れるかもしれないとか思う訳でしょう。絶対平気だってインストラクターが言ったって、バンジージャンプは怖いのよね？」

「まあ、僕は厭です。ジェットコースターも厭です」

「飛行機怖い人だって、墜落するような気がするのでしょう？　それは墜落することもあるんだけれど、墜落しない飛行機の方が多いんだし、乗った飛行機が墜ちるという確たる証拠はない訳。でも墜ちるかもしれない。可能性があるというだけで、もう怖いのよね。確率でいうなら、自動車事故で死ぬ確率の方がずっと高いんだけど、それでも怖いのよ。想像するからね。いや、墜ちるということを知っているからよ」

「まあ──そうですね」

「動物は飛行機に載せても平気よ。まあ環境が変わるし、気圧が変動したり変な音とかもしたりするから警戒はするけども、それだけ。墜ちることがあるって知らないから」

「沈む船から鼠が逃げるとか、あるじゃないですか」

「船に乗ってる鼠が、いつもいつも沈むかもしれないと感じて怖がっているなんてことはないわよ。なら乗らないでしょう。沈む兆候をいち早く察知して逃げ出すみたいなことはあるかもしれないけど、それは某《なにがし》か環境の変化を受けてのことよ」

「まあ、そうですね」

「全ての恐怖は、予感なのよ。ほら、心霊とかあるでしょ？」

「あまり好きじゃないですけどね」

「あれも、全部予感でしょ」

「そうですか？　幽霊とか出るから怖いんじゃないですか？」

伯母は窓辺で、少しばかりオーバーな仕草をつけて笑った。

「幽霊？　まあいいわ。出たとしましょう。でも、幽霊捕まえてきてほら怖いだろうと見せた人なんかいないわよ。出たという話を聞いて、出るかもしれないと予感して、怖がるのよね？」

「まあ、大方はそうなんでしょうけど、でも、実際に見た、会ったという人もいる訳でしょ？　実話なんとかっていうじゃないですか」

「出て、幽霊は何をするの？　ナイフで刺す？　齧《かじ》る？」

「いや、祟《たた》る──んじゃないですか？」

「祟りって？」

「悪いことが起きるんでしょうね。まあその、最悪は死んじゃうとか」

「なら死んじゃうのが怖いんじゃないの。幽霊そのものじゃなくて」

「そう──なのかなあ」

能《よ》く解らない。

「幽霊なんかいないし、いたって怖くないわよ」

「そうですか？　いや、その心霊写真とかあるじゃないですか」

「何か変なものが写ってる写真ね。あれは、ある訳ないものが写ってるとか、変な写り方してるってだけでただの写真よね？　その写真が襲ってくるとか、写真持ってると誰かが襲いに来るとか、そういうのじゃないでしょ？」

「そうじゃないですけど、気持ち悪いでしょう。その場にいない人が写ってたり、ある筈のものが写っていなかったり――」

「気持ち悪くないわよ。写真なんだし。そういうものが写ったのなら、何か写るだけの理由はあるんだろうけど、それが判らないというだけでしょ」

「判らないのは怖くないですか？」

「判らないこと自体は怖くないでしょう。でも判らないのは厭だから、みんな何か理由をつけようとするわよね。想像して。その理由の中の、その、何？　幽霊？　そういうものもあるんだろうけど、それって選択肢の中の一つに過ぎないじゃない。しかも普通に考えれば一番あり得そうもない理由よ。でも――どうしてかしらね、それを選んでしまう人がいるの。そして、予感するんでしょ」

　恐怖を。

「それも予感なんですか？　ただ気持ち悪いというのじゃなくて」

　気持ち悪いのと怖いのは違うわよと伯母は言う。

「気持ち悪い理由を想像して予感するから怖くなるの。知らないこと、判らないこと自体は怖くもなんともないのよ。実際――」

　伯母は廊下の方に目を遣《や》った。

「壁があるから、隣の部屋のことは見えないわね。誰がいたって、何をしていたって判らない。でも、誰かいるかもしれないと思わなければ、怖くなんかないでしょ」

伯母は指差す。

「知らない人がいたら」

「そりゃ怖いですけど」

「違うの。いると考えるから怖いの」

「実際いたって怖いでしょう」

「ええ。でもそれは、その知らない人が何か良くないことをするかもしれないと考えるからこそ怖いのじゃない？　知らない人は何をするか判らない、どうしてそこにいるのかも判らない、だから——悪いことをするのかもしれない、するに違いないと、そう考えるから怖いのよ」

「まあその段階で不法侵入ですけどね。既に悪いんですよ」

いれば、でしょと伯母はまるで少女のような口調で言った。

「いなくたって、いるかもと思うのが怖いのよ」

「実際にいた方が怖くないですか？」

「そんなことないわ。だって、いたってわからないじゃない。見えないんだから。それに実際にいたとしたら、それは確実に人でしょ。いるかもと思っている状態なら、何がいるのか判りはしないんだもの。何でもいいのよ、いるのは」

人でないものがいるかもしれないんだわと伯母は言う。

「幽霊とかですか？」

「幽霊は――あんまりいただけないわね。だって、所詮は元人でしょ。人じゃないものだって、もっと色々あるでしょう。さっき言ったじゃない。幽霊程度のものしか想像できないなんて、きっと頭が悪いの。物知らずよ」

「そうか」

予感は、記憶だとか言っていたか。

「もし死人が出てくるんだとしたって、出て来たらそれは怖いものじゃないわよ。怖く感じるのは――出て来ないからなのよ」

いないから怖いのよ幽霊は。

もし出て来たらどうしますと問うと、お茶を勧めるわと伯母は答えた。

「飲みますかね、幽霊」

「さあ。いずれにしても――恐怖を感じている人には何も起きていないのよね」

何も。

「殺人鬼にナイフを突きつけられれば怖いけれど、突きつけられている段階で突きつけられている人は死んでいないの。突きつけただけで刺さないかもしれないじゃない。刺されるかもしれない、きっと刺される、刺されたら痛い、死ぬかもしれないと思うからこそ、怖いんでしょ。で、刺されて死んでしまったらそれまでなんだけど、死ななかったら――」

怖かった、と言うでしょ。

「恐怖は、死や暴力そのものではないのよ。死や暴力を受けることを、予感することが恐怖なの。殴られれば痛いし、痛いのは厭よね。でも、考えても御覧なさいよ。殴られたこと自体はもう怖いことじゃないわよね。痛いのは辛《つら》いし苦しいけど、それだって怖いものじゃない。次にもう一発殴られると思うから怖いんだし、痛みそのものも、死を予感させるから怖いのよ。恐怖というのは、何かが起きる前に感じるものなのよ」

予感。

「起きてないから、まだないの。恐怖は、見えないものよ」

ないんだもの。

「匂いとか、味とかって見えないでしょう。音も見えないけれど、音はそのまま文字という記号に置き換えて見ることができる。でも、匂いや味は見ることができないの。だから表す言葉が少ないのよ。見えないものを伝えるのって、とても大変なのね。霊だの何だのも同じよ。ないものを表す言葉は少なくて、だからうまく伝わらないのよ。ないんだものねえ」

「ないんですか？」

「ないわ。中国の鬼というのは、日本の鬼とは違うのね。一般には幽霊みたいなものと思われてて、それはまあそうなんだけど、ちょっと違うの。鬼って、見えないものなのよ。何故《なぜ》見えないかといえば、それは、ないから。ないものは見えないでしょ」

「まあ」

「ないものを見るには、記憶に頼るしかないのよね。見たことないものは想像しようがないもの。鬼というのは記憶なの。連綿と続く過去こそが鬼よ。それを思い起こすことが——予感よね。だから人は、幽霊なんかを見てしまうような気になるのね。あらゆる恐怖は、予感なのよ」

「伯母さんの話は面白いですよ」

僕は紅茶をすっかり飲んでしまった。

逆光の、しかも光の粒を背負った伯母は、益々《ますます》年齢の判らない人に見えている。

「で——今日は何の話なんです？」

必ず本題は別にあるのだ。こんな講釈を垂れるために呼びつけたりはしないだろう。

この家のことよと伯母は言った。

「この——家ですか？」

「改めてちゃんと話しておきたかったの。この家はあなたのものなの」

伯母は意外なことを口にして、再び椅子に座った。

「この家はあなたのお父さんの名義だったの。お父さんが亡くなった時に、他の財産と一緒にあなたが相続しているのよ。だから、今の所有者はあなたなの」

「そんなこと——聞いてませんよ」

父が亡くなった時、僕は母方の祖父母に引き取られた。父は財産をそれなりに遺《のこ》して逝ったから、祖父が後見人のようになって、慥《たし》かにあれこれ相続した。

でも、家の件は知らない。今の今まで伯母のものだと思っていた。

「でもそうなのよ。相続の手続きだとか、税金だとか、そういうのは」

「祖父がしてくれました」

祖父も昨年他界した。

交通事故だった。

「お祖父《じい》さん、急なことで驚いたわよ。私がこんなだから生前は何かとご面倒《めんどう》をかけたのよね。でもあまり急だったので、あなたに伝わっていないこともあったのじゃないかと思って。この家のことは私から言うべきだと思うって前々からお願いしていたし。本当はあなたが成人した時に言うつもりだったんだけど、あなた大学が遠くって、あまりこっちに帰って来なかったじゃない。それで言いそびれてしまって、ご免なさいね」

「そんなことは構いませんけど——」

「ここ、あなたのお父さんが相続したのよ。私は放棄したから。ここも財産のうちだったの」

「伯母さんは？」

棲んでるだけよと伯母は言った。

「住み込みの管理人のようなものなの。私はずっと、ここにいるから。いさせて貰《もら》ってるだけ。何の権利もないのよね。ただで住まわせて貰ってるの。以前はあなたのお父さんのもので、今はあなたのもので、いずれはあなたの子供のものなんだもの」

「そんな風に言わないでくださいよ。子供って、僕にはまだ相手もいないんですよ」

「そうだけど、そうなんだもの。それで」

伯母は人差し指を立てた。

「ひとつ、お願いがあるの」

「何ですか？」

「壊さないで」

「壊す？」

何を。

「私が生きているうちは。売ったりしないで」

「売る？」

この家を？

「ずっと、ここにいたいの。私はこの家しか知らないのよ。若い頃はそれでもまだ出歩きもしたけれど、この頃は仕事関係の人もここに来てくれるし、週に一度買い物に行く以外ずっとここにいる。本当に、ずっとこの家の中にい続けているの。身勝手な言い分だけど、いさせて欲しいの」

「何言ってるんですか。売ったりしませんよ。ちゃんと就職しましたから、今のところ生活には困ってませんし。僕にはあっちの祖父の家もありますからね。ここを売るような理由は何一つないですよ」

お願いよと伯母は言った。

「我《わ》が儘《まま》かしら」

「いや、だから全然我が儘じゃないですよ。ここは、伯母さんの家ですよ、僕にとっては。名義とか権利とかまるで関係ないですよ。法律上はそういうことになってるのかもしれないですけど、この家は僕が生まれた時からずっと伯母さんの家です」

良かったと伯母は言った。

本気で少女のようである。

「ただ、相当古いですからね。ガタが来てたりしませんか？　耐震性とか、大丈夫なんですか。寧《むし》ろそっちの方が心配ですけど」

「あちこち傷んではいるのよね。でも、ここと、書斎と寝室と、後はお風呂《ふろ》くらいしか使わないから。水廻《みずまわ》りはまだ平気よ」

何部屋あるんでしたかと言って、僕は室内を見渡した。

見事なまでにアンティークというか、クラシックというか、そうした部屋だ。調度も装飾品も、何もかもが時代物で、まるで映画のセットのようだ。

「それだけよ、一階は。お台所とトイレと、ああ、お父さんが使ってた部屋がある。今は不用品置き場みたいになっちゃってるけど」

「結婚前に親父が使っていた部屋ということですか」

そうよねえ、と伯母は言った。

「それでも、あなたが生まれるまでは偶《たま》に帰って来て、使ったりもしてたのよ。その部屋は元々はお父様とお母様の——あなたにとってはお祖父《じい》様とお祖母《ばあ》様よね、その、夫婦の寝室だったの。子供部屋は最初二階にあったんだけど、どういう訳か十歳くらいの時に寝室をあなたのお父さんに譲って、私にはアトリエをくれたのよ。私の寝室は、だからあなたのお祖母さんのアトリエ」

「何のアトリエです？　絵ですか」

彫金、と伯母は答えた。

「作品は殆《ほとん》ど残ってないけど。どうもやめちゃったみたいなのよ、その、部屋を替わった時に。理由は知らないけど、何か」

予感がしたのかしらねえ。

何の予感だというのか。

「一階の部屋はそれだけ。後は——二階ね。客間が二つと、何にも使ってない部屋が二つ。これは、その昔の子供部屋だから、後の夫婦の寝室ね。父と母——お祖父様とお祖母様が亡くなってからは使っていない。それからほら、プレイルームよ。玉突きの台が置いてある部屋。あなたが小さい頃、能《よ》く遊んでたじゃない。もう何年も入ってないけど。埃だらけよきっと」

半端に大きい家よねえ、と伯母は言った。

「部屋数はあるんだけど、みんな狭いものね。使い道がないのよ」

「あの——扉は？」

そう。扉があるのだ。この部屋には。廊下に面した硝子《ガラス》の嵌《は》まった扉ではなく、重たそうな頑丈な両開きのドアである。

そう言えば。

開けたことがない。普通に考えれば隣室の扉だ。僕は屋敷の間取りを思い描く。玄関があって、廊下があって、この応接室があって、それから伯母の寝室、父が使っていたという部屋が並んでいて、キッチンがあって——そうしてみると扉の向こうには必ず空間がある筈だ。でも廊下に扉はないし、窓もない。けれども部屋がないのは変だ。そんなに広くはないだろうが、慥《たし》かに扉の向こうには部屋がある——べきだ。

「部屋ですよね？」

「部屋よ」

「この扉からしか入れないですよね？　僕は一度も入ったことないですね。物置か納戸のようなものですか？」

しかし応接室に物置を隣接させるだろうか。それに、その類《たぐ》いのものだとすると扉が立派過ぎる気がする。記憶では、二階の客間の扉の方が小さくて質素だ。しかも総《すべ》て片開きだったと思う。

「そこは入れないの」

伯母はそう言った。

「入れない？　その、使ってないとかいう部屋――は、二階ですよね。じゃあそこは開けられないのよと伯母は言った。

「開かない？　開かずの間ですか？」

「開かずっていうか、開くんだけども、でもその扉は開けちゃ駄目なのよ」

「どうしてですか？　伯母さんも入ったことないんですか？」

入らないわと伯母は答えた。

「入れないのよ」

「鍵《かぎ》がかかっているんですか？」

「鍵なんかかかってないと思うわ。でも――入らない。入ったって何もないの」

「何も？」

その部屋の中には何もないのよと、伯母は繰り返した。

「いや、何もないって。どういう意味です？　家具も何もないんですか？　何のための部屋なんです？」

「何のための部屋でもないわ。強いて言うなら、入らないための部屋」

「それこそ意味が解りませんよ。入らないなら扉は要らないし、そもそも部屋が要らないでしょう。本当に入ったことはないんですか？　誰も？　親父もですか？」

「誰も入ったことはないわよ。この家が建てられた時から――いいえ。その前からずっと、そこは入らないために囲われた部屋なのよ」

「何ですって？」

僕は何だか急に――。

「それは、例えば何かを閉じ込めているとか、そういうことですか？」

「閉じ込めるって何を？　そんなものはないの。いい？　何度も言うけど、その扉の中には何もないの。だから見ては駄目。というか見る意味がないわ。何もないんだから」

「何もないんですか」

「ないの」

ないものは――うまく伝えられない。

言葉もないから。

「見たら、どうなるんです」

「どうもならないわよ。何もないんだもの。あなた、まさか祟りとか幽霊とか、そんな陳腐なもの想像してるんじゃないでしょうね？　そんなものは――」

「ない――んですよね」

ないわよと伯母は、いや、伯母のような少女のような人は軽やかに答えた。

「なら」

「ないの。何もないの。でも、絶対に開けちゃ駄目なのよ。開けると、意味を失ってしまうのよ、そこ」

「意味？」

「だって、ないということが判ったら」

なくなってしまうじゃないの。

「見なくたっていいのよ。匂いはするし」

「匂い？　何の匂いですか」

「匂いはね、上手に言い表せないのよ。言葉が少ないから。私はこの、ないものを囲った部屋と生きてきたのよ。予感とともに。ずっと。予感は記憶よ。あなたは、この家を相続したのだから――」

ないものも相続したというのか。

いいや。多分この家は未来永劫《えいごう》僕のものにはならないし、僕のまだ生まれてもいない子供のものにもならないだろう。そして、未来永劫壊されることもない。この人は私が生きているうちは壊さないでくれと言った。なら永遠に壊せないだろう。

この人は――何者なのだろう。

僕の伯母なのだろうか。

この人は――。

僕は予感を抱いた。

伯母らしき人は、にこりと笑った。

編者解説

朝宮　運河

わが国では『埴生の宿』『楽しき我が家』のタイトルで親しまれているイングランド民謡『ホーム・スイート・ホーム』は、世界のいかなる場所も我が家にはかなわない、と歌っている。しかしその家が、ときに惨劇の舞台にも恐怖の現場にもなりうることは、日々のニュースに接するまでもなく明らかだろう。

古来、人は楽しき家の物語に心を躍らせるかたわら、恐ろしい家や忌まわしい家の物語にも深い関心を寄せてきた。廃宅にもののけが現れる『源氏物語』「夕顔」の巻から、近年映画化された小野不由美のホラー小説『残穢』、ベストセラーとなった松原タニシの心霊ルポルタージュ『事故物件怪談　恐い間取り』にいたるまで、怪奇幻想的な想像力と家は切っても切れない関係にある。

本書は、そんな恐ろしい家を描いたホラー——物件ホラーの傑作を精選収録したアンソロジーである。現代のエンターテインメント作家の短編を中心に、この分野を語るうえでは欠かせない不朽の名作、取材をもとに書かれた怪談実話も織りまぜて、全十一編をセレクトしてみた。編纂にあたってはホラーとして〝怖いこと〟を最優先したうえで、描かれる家や作風の多様さも意識している。都市部の賃貸マンションあり、田舎にひっそりたたずむ古家あり、さまざまな怖い家を訪ね歩き、怪奇幻想文学における花形役者ともいうべき〈物件ホラー〉の魅力に触れていただけると幸いである。

以下、簡単に収録作の解説を記しておこう。

若竹七海「影」

まずご案内するのは、都内の住宅地にある白い洋館風の一軒家。木造平屋を取り壊してできたその家の塀には、いつの頃からか奇妙な影が浮かんでいた……。コージー・ミステリーの名手が手がけた、スマートにして薄気味の悪い不動産怪談。終始あっけらかんとした口調で語られているだけに、幕切れで仄めかされる真相にはえもいわれぬ後味が漂う。「葉村晶」シリーズなどで人気を博す著者は、いわくつきのホテルを舞台にした長編『遺品』など、ホラー方面でも優れた作品を発表している。

三津田信三「ルームシェアの怪」

編集者を経て、幽霊屋敷怪談『ホラー作家の棲む家』（文庫化タイトル『忌館』）でデビューした作者は、今日もっとも意欲的に物件ホラーに取り組んでいる作家といえるだろう。『どこの家にも怖いものはいる』などの長編においても、「誰かの家」（同名短編集所収）などの中・短編においても、怖い家への作者のこだわりには並々ならぬものがある。ここではルームシェアという比較的新しいライフスタイルを扱った本編を採った。英国怪談の巨匠M・R・ジェイムズを彷彿させる気迫に満ちたクライマックスは、何度読んでも背筋が凍る。

小池壮彦「住んではいけない！」

ここで一編、実話をお読みいただこう。作者はルポライターとして数多くの怪奇事件の背後を調査してきた人物。建物にまつわる怪談を紹介した先駆的シリーズの第二巻『幽霊物件案内2』所収の本編には、丹念な取材に裏打ちされた生々しくも禍々しいリアリティがある。「岐阜の幽霊住宅騒動」の項は、前世紀末マスコミで大々的に取りあげられた幽霊事件へのリアルタイムの反応として、今日なお貴重なものであろう。なお書籍編集者として「幽霊物件案内」シリーズを世に送り出したのが、デビュー前夜の三津田信三であったことも忘れずに申し添えておく。

中島らも「はなびえ」

相場より破格に賃料が安い物件には、くれぐれもご用心を。うまい話には理由がある、というのが物件ホラーや都市伝説のお約束だからだ。不世出の才人の手になる本編は、こうした王道パターンを踏襲し、高級マンションのはらむ暗いイメージを描き出しつつも、どこか「都会的なダンディズム」（田辺聖子の評）を感じさせる現代怪談である。

本編を含む『人体模型の夜』は、荒れ果てた幽霊屋敷の地下室で、人体模型が眼・耳・腕など人体のパーツにまつわる怪異譚を語るという凝った趣向の短編集で、本編はもちろん鼻がモチーフになっている。

高橋克彦「幽霊屋敷」

日本各地に点在する心霊スポット、幽霊屋敷と呼ばれる廃屋。付近の住人に忌避され、若者が肝試しに訪れるそうした場所も、かつては誰かの〝スイート・ホーム〟だったかもしれない。廃屋での父と愛娘のあえかな再会を描き、物件ホラーに新たなアプローチを試みた本編を読むと、そう気づかされる。この世ならぬ者への恐怖と情愛を、遺された父親の視点から切々と語った本編は、「大好きな姉」「妻を愛す」（ともに『高橋克彦の怪談』他所収）などと並んで、作者の怪談の代表作のひとつに数えられるだろう。ちなみに廃屋の襖にブツブツと穴が開いてゆく……という異様な怪異描写は、作者の自宅近くの幽霊屋敷で実際に目撃された現象であるらしい。

小松左京「くだんのはは」

筒井康隆編『異形の白昼』に収録されて以来、これまで幾度となくアンソロジーに採られてきた折り紙付きの傑作。兵庫県芦屋界隈で実際に広まっていたという噂を取り込んだ本作は、破滅の予感に満ち満ちたＳＦホラーと読まれることが多いが、同時に謎めいた大邸宅を舞台にした和風ゴシック・ホラーでもある。このほど久しぶりに読み返し、本編のはらむ不吉なビジョンが色あせるどころか、ますます現実味を帯びていることに、一驚を禁じえなかった。発表から半世紀を経てなお私たち日本人を呪縛し続ける、怪物的作品といえよう。

平山夢明「倅解体」

まさかお隣でそんなことが起こっていたなんて……。監禁や虐待など悲惨な事件が報じられるたびに、私たちはそう口にする。家は外界から身を守ってくれる防壁になる一方、住人を孤立させる檻にもなりうるのだ。二階の自室にひきこもり怪物化した息子を、長年辛酸をなめてきた両親が殺害しようとする本編は、そうした閉ざされた家の典型例だろう。冒頭の出産シーンから精神的・肉体的に〝痛い〟描写の連続だが、地獄絵図のような人間ドラマにはなぜか崇高さ、もの悲しさも漂う。異常心理小説としても幽霊屋敷小説としても解釈することができる一作だろう。

皆川博子「U Bu Me」

『死の泉』『クロコダイル路地』など壮大にして華麗なミステリーや幻想小説を紡ぎ続ける作者は、短編においてしばしば抑圧された女性が、正常から狂気へと落ちこんでゆくさまを描いている。都会から田舎の古家に転居してきた女性の一人称形式で綴られる本編でも、彼女が信頼できない語り手であることが、すぐに明らかになろう。「あなたには、どうでもいいことですね」という印象的なリフレインに導かれ、古家がいつしか甘美な牢獄へと変貌してゆくシュールな展開は、まさに作者の独壇場だ。タイトルは死亡した妊婦が変じたという妖怪・産女《うぶめ》に由来している。

日影丈吉「ひこばえ」
賑やかな渋谷の一角に佇む赤い洋館に目を留めた語り手は、その家の住人が相次いで奇禍に見舞われていることを知り、愕然とする。優れた物件ホラーを読んでいると、まるで家が命を持っているように感じることがあるが、吸血鬼さながら住人の生気を吸い尽くしてしまうこの赤い館ほど、邪悪な生命力を感じさせる家はないだろう。澁澤龍彦にも称賛された端正なスタイルで、人間とは相容れない凶宅の存在を描き出した建築幻想譚。「くだんのはは」同様、たびたびアンソロジーに採られている作品だが、新しい世代の読者にも味わっていただきたく、あえて収録した。

小池真理子「夜顔」
本書を編むにあたって、まず頭に浮かんだのが『墓地を見おろす家』、「山荘奇譚」（『異形のものたち』所収）など数多くの物件ホラーを手がけてきた作者の存在であった。ノスタルジックかつ哀切な怪奇小説集『水無月の墓』に収められた本編では、故郷を離れ、東京のアパートで暮らし始めた主人公の身を切るような孤独が、彼岸からこちらをうかがう者たちと響き合ってゆく。テラスに古びた家具が積まれ、子どもの笑い声や母親の歌声が聞こえてくる、庭のある木造家屋。本編を読んだ者はその懐かしい景色を、庭に咲く夜顔の花とともに二度と忘れることはないだろう。

京極夏彦「鬼棲」

最後にご案内するのは、大正時代に建てられた古い木造洋館である。ビスクドールが飾られた部屋で交わされる理路整然とした、それでいて不穏さを感じさせる台詞の応酬。やがて読者はミステリアスな伯母と対峙する主人公とともに、この館の奇妙な決まりを知ることになる。なぜ私たちは幽霊を怖がるのか、というホラー小説の根本的な問いを含んだ本編は、超自然的なものを一切描くことなく、ひとえにレトリックの力によって鬼の気配をまざまざと立ちあがらせる。そしてその恐ろしさは、本を閉じた後も意識の隅に灯り続けるのだ。

メタ幽霊屋敷小説とも称すべき本編で、本書全体の厄落としをしていただくつもりだったが、むしろ逆効果だったかもしれない。

本書はエンタメ色の強い現代ホラー短編のアンソロジーを、とのちくま文庫編集部のリクエストを受けて生まれたものである。作品掲載を快く許可してくださった作者・著作権者の皆さまと、企画段階から丁寧にサポートしてくださったちくま文庫編集部の砂金有美さんに、心より御礼申し上げたい。

〝ステイホーム〟週間の二〇二〇年五月に

初出／底本一覧（明記のないものは初出を底本とした）

若竹七海「影」――「小説新潮」一九九三年三月号／『バベル島』光文社文庫、二〇〇八年一月刊

三津田信三「ルームシェアの怪」――「小説現代」二〇一二年五月号／『ついてくるもの』講談社文庫、二〇一五年九月刊

小池壮彦「住んではいけない！」――『幽霊物件案内2』同朋舎発行・角川書店発売、二〇〇一年六月刊

中島らも「はなびえ」――「青春と読書」一九九一年一月号／『人体模型の夜』集英社文庫、一九九五年一一月刊

高橋克彦「幽霊屋敷」――「野性時代」一九九四年二月号／『高橋克彦の怪談』祥伝社文庫、二〇〇六年一〇月刊

小松左京「くだんのはは」――「話の特集」一九六八年一月号／著作権者提供の作品本文を底本とした。

平山夢明「倅解体」――「小説すばる」二〇〇五年八月号／『他人事』集英社文庫、二〇一〇年八月刊

皆川博子「U Bu Me」――「小説新潮」一九九八年八月号／『結ぶ』創元推理文庫、二〇一三年一一月刊

日影丈吉「ひこばえ」――「小説現代」一九八三年七月号／『日影丈吉全集7』国書刊行会、二〇〇四年五月刊

小池真理子「夜顔」――「小説NON」一九九四年一〇月号／『水無月の墓』新潮文庫、一九九九年一月刊及び集英社文庫、二〇一七年九月刊

京極夏彦「鬼棲」――「幽」二二号、二〇一五年一月刊／『鬼談』角川文庫、二〇一八年二月刊

著者紹介

若竹七海（わかたけ・ななみ）
一九六三年東京都生まれ。九一年『ぼくのミステリな日常』でデビュー。二〇一三年「暗い越流」で日本推理作家協会賞（短編部門）を受賞。著書に『スクランブル』『海神の晩餐』『ヴィラ・マグノリアの殺人』『殺人鬼がもう一人』など。『さよならの手口』『不穏な眠り』他からなる「女探偵・葉村晶」シリーズは、二〇年テレビドラマ化された。

三津田信三（みつだ・しんぞう）
出版社勤務を経て、二〇〇一年『ホラー作家の棲む家』でデビュー（文庫化タイトル『忌館』）。『厭魅の如き憑くもの』に始まる「刀城言耶」シリーズが話題となり、シリーズ第五作『水魑の如き沈むもの』で一〇年に本格ミステリ大賞を受賞。著書に『首無の如き祟るもの』『どこの家にも怖いものはいる』『黒面の狐』『犯罪乱歩幻想』など。

小池壮彦（こいけ・たけひこ）
一九六三年東京都生まれ。怪談史家・ルポライターとして、怪異の真相やその社会的・歴史的背景に迫るノンフィクションを数多く執筆している。著書に『幽霊は足あとを残す　怪奇探偵の実録事件ファイル』『心霊写真 不思議をめぐる事件史』『四谷怪談 祟りの正体』『怪談 FINAL EDITION』『日本の幽霊事件』など。

中島らも（なかじま・らも）
一九五二年兵庫県生まれ。小説家、劇作家、エッセイスト、放送作家、ミュージシャンと多方面で才能を発揮した。九二年『今夜、すべてのバーで』で吉川英治文学新人賞、九四年『ガダラの豚』で日本推理作家協会賞（長編部門）を受賞。著書に『白いメリーさん』『永遠も半ばを過ぎて』『寝ずの番』『水に似た感情』など。二〇〇四年没。

高橋克彦（たかはし・かつひこ）
一九四七年岩手県生まれ。八三年『写楽殺人事件』で江戸川乱歩賞を受賞しデビュー。ミステリ・時代小説・SF・ホラーと幅広いジャンルで活躍。八六年『総門谷』で吉川英治文学新人賞。その後も日本推理作家協会賞（長編部門）、直木賞、吉川英治文学賞などを受賞している。著書に『写楽殺人事件』『緋い記憶』『火怨 北の燿星アテルイ』『たまゆらり』など。

小松左京（こまつ・さきょう）
一九三一年大阪府生まれ。六二年「地には平和を」でデビュー。筒井康隆、星新一らとともに日本SFの第一人者として活躍、多くのベストセラーを発表した。七四年『日本沈没』で日本推理作家協会賞（長編部門）を受賞。他に星雲賞、日本SF大賞も受賞している。著書に『復活の日』『果しなき流れの果に』『さよならジュピター』など。二〇一一年没。

平山夢明（ひらやま・ゆめあき）
一九六一年神奈川県生まれ。ライターとして活動後、九六年『SINKER　沈むもの』で小説家デビュー。二〇〇六年「独白するユニバーサル横メルカトル」で日本推理作家協会賞（短編部門）を受賞。一〇年に刊行した『ダイナー』で、日本冒険小説協会大賞、大藪春彦賞をダブル受賞した。著書に『ミサイルマン』『デブを捨てに』『あむんぜん』など。

皆川博子（みながわ・ひろこ）
一九三〇年旧朝鮮京城生まれ。七二年『海と十字架』で児童文学作家としてデビュー。七三年「アルカディアの夏」で小説現代新人賞を受賞。その後も日本推理作家協会賞、直木賞、吉川英治文学賞、日本ミステリー文学大賞等を受賞し、一五年には文化功労者に選出された。著書に『死の泉』『開かせていただき光栄です』『クロコダイル路地』『U（ウー）』など。

日影丈吉（ひかげ・じょうきち）
一九〇八年東京都生まれ。四九年「かむなぎうた」が江戸川乱歩に認められデビュー。五六年「狐の鶏」で日本探偵作家クラブ賞、九〇年短編集『泥汽車』で泉鏡花文学賞を受賞。幻想的な雰囲気の濃厚なミステリを数多く執筆。フランス語の翻訳者としても活躍した。著書に『内部の真実』『恐怖博物誌』『夢の播種』『地獄時計』など。九一年没。

小池真理子（こいけ・まりこ）
一九五二年東京都生まれ。七八年『知的悪女のすすめ』でエッセイストとしてデビュー。八五年『第三水曜日の情事』『あなたから逃れられない』で小説家に転身。八九年「妻の女友達」で日本推理作家協会賞（短編部門）を受賞。その後も直木賞、島清恋愛文学賞、柴田錬三郎賞、吉川英治文学賞等を受賞。著書に『欲望』『無花果の森』『虹の彼方』『怪談』『異形のものたち』など。

京極夏彦（きょうごく・なつひこ）
一九六三年北海道生まれ。小説家・意匠家。九四年『姑獲鳥の夏』でデビュー。同作を含む〈百鬼夜行〉シリーズで人気を博す。九六年『魍魎の匣』で日本推理作家協会賞（長編部門）を受賞。その後も泉鏡花文学賞、山本周五郎賞、直木賞、柴田錬三郎賞等を受賞。著書に『覗き小平次』『後巷説百物語』『死ねばいいのに』『人でなし　金剛界の章』など。

本書のなかには、今日の人権意識に照らして不当・不適切と思われる語句や表現が含まれる作品がありますが、作品の時代背景と歴史的価値にかんがみ、そのままとしました。

本書は、ちくま文庫のためのオリジナル編集です。

ちくま文庫

家《いえ》が呼《よ》ぶ
――物件《ぶっけん》ホラー傑作《けっさく》選《せん》

二〇二〇年六月十日　第一刷発行

編　者　朝宮運河（あさみや・うんが）
発行者　喜入冬子
発行所　株式会社　筑摩書房
東京都台東区蔵前二―五―三　〒一一一―八七五五
電話番号　〇三―五六八七―二六〇一（代表）
装幀者　安野光雅
印刷所　明和印刷株式会社
製本所　株式会社積信堂

ISBN978-4-480-43669-6　C0193